年を重ねることはおもしろい。

苦労や不安の先取りはやめる

吉沢久子

さくら舎

はじめに――私はいま「95歳の元気」で生きています

今朝も郵便受けから新聞3紙とそこに折りこまれている広告類を取りだそうとして、その重さによろよろしたので、二度に分けて運ぶことにしました。

やっと居間のテーブルまで運んで、新聞と広告に分けてみると、広告紙の重さは新聞の約2・5倍。土曜の朝はマンションの売り出しやデパートの広告が多く、立派な紙が使われているのでとくに重くなるようです。

それにしても広告の中になんと多いことかと思うのが、いわゆるアンチエイジングのためのサプリメントや化粧品、若返りエステなどの広告で、この市場にどのくらいのお金が使われているのだろうと、つい考えてしまいます。

私は95歳になりましたが元気に暮らしています。ただそれは、若いときと同じ「元気」ではありません。95歳の元気なのです。

人間90年以上も生きてくれば、あちこちに不具合が起こるのは当たり前で、トンネルとか道路などの老朽化《ろうきゅうか》と同じです。止めようとしても無理なおとろえというものだと思います。

耳は遠くなる、目は見えにくくなる、歯は悪くなる、等々いろいろなことに出合い、年をとればそういうこともあるのだと、それに対応しながら、素直に、ではこうしてみようと前向きに受け入れてきました。

新聞紙さえ重くてもてなくなるなどとは、思いもしなかったことです。本当にいろいろなところで体力のおとろえを感じはじめ、私はひとり暮らしを支えるための方法を考えなければならなくなり、そうだ、と思って小さなピンクの台車を買いました。

家の中で、新聞でもクロネコさんの届けてくれた荷物でも本でも、重いものはそれで運ぶことにしました。

要は、おとろえに対する自己防衛の工夫です。日々、そういう工夫を重ねて、年齢にふさわしい元気さで生きています。

素直に年を重ねてみると、気負っていた日々には見えなかったものが見えてきたりして、なかなかおもしろいものだと、私はいまをたのしんでいます。

吉沢久子《よしざわひさこ》

◆目次

はじめに――私はいま「95歳の元気」で生きています　1

1

1　老眼になった自分に「はじめまして」　14
2　人間関係の「貯蓄」をするコツ　16
3　望みは小さくもつほうがいい　19
4　起きてもいないことを心配しない　22
5　きょうだいとのベストな距離感　25
6　気持ちのよいおつきあいを続けるには　27
7　夢中になれる何かを見つける　29
8　元気なうちに人生のしまい方を考えたい　32

9 「人のせい」をやめると気が楽になる 34
10 失ったものを数えない 36
11 お金をかけない贅沢、心の遊びを楽しむ 38
12 「嘆きグセ」「悔やみグセ」をつけない 40

2

13 絶対に手放してはならないもの 44
14 食事だけはいいかげんに考えてはいけない 46
15 健康を保つ日々の食事術 48
16 抱え切れないことはしないという知恵 52
17 元気のコツは治療よりも「予防」 54
18 数値や情報に振りまわされるのは不健康 56
19 「隠居」するのも生き方 59
20 大きいホームドクターの存在 62

21 眠れない夜には 64
22 どんな小さな欲望も簡単には捨てない 66
23 香りで身も心もリラックス 69

3

24 「こまめ掃除」のすすめ 72
25 住まいの建て替えは早めに手を打つ 75
26 シンプルライフ、私の失敗 77
27 私が感動した贈りもの 79
28 家事を楽しくする「なぜ?」 82
29 味がマンネリ化しないひと工夫 86
30 お気に入りは「純白のさらしもめん」 88
31 一日の予定と「こまぎれ時間」利用術 90
32 便利さを求めるのもほどほどに 92

33 捨てられない人の整理術 95
34 後まわしにしてよいものもある 98
35 料理が楽しくなる秘訣は「つくりおき」 100

4

36 やわらかい表情で生きられるように 104
37 「夫亡きあとの生活」も想定して生きる 107
38 明るい色を着ると気分がはずむ 109
39 「家庭内孤立」に直面したら 111
40 家じゅうの鏡で「無意識の自分」をチェック 114
41 「踏みこまない」近所づきあい 116
42 毎朝、自分のために口紅を塗る 119
43 ひとりで行動する訓練が大事 121
44 気持ちがくさくさする日は、いっそ外食に 123

45 家庭とは別の世界に身を置くことも 126
46 ストールでドレスアップ 128

5

47 自由ととるか、孤独ととるか 132
48 買いものは割高でも「少なめ」に 135
49 知らない業者にはご用心 137
50 揚げものは外食で楽しむ 140
51 入院や災害に備える私の「非常用持ちだし袋」 142
52 メダカと暮らす理由 145
53 貴重品はどこにしまうのがいいか 147
54 ひとりごはんを楽しくする法 149
55 火の始末に細心の注意を 152
56 ひとりでも白米をおいしく食べるコツ 154

57 遺書の作成、私の場合 156
58 お惣菜屋さんはシングルの頼れる味方 160
59 「どうにかなるさ」ではすまされないお金問題 162
60 ひとり暮らしは夫からの贈りもの 164

年を重ねることはおもしろい。

——苦労や不安の先取りはやめる

1

1 老眼になった自分に「はじめまして」

私が老眼鏡をかけはじめたのは、40歳のころです。

自分では気づかなかったのですが、文字を読むときに妙な見方をしていたようで、知人から「それ、老眼よ」と指摘されました。

さっそく老眼鏡を買ってかけてみたら、あら不思議。びっくりするほど文字がきれいに見える。「世の中がまったく違って見える！」と興奮したのを覚えています。

自分が老眼になったという事実は、悲しむべきことかもしれないけれど、私にとっては世の中が違って見えたという大発見のほうがうれしくて。

また、床に落ちている紙に気づかず、足をすべらせて転びそうになったことがあります。まさかそんなことがわが身に起きるとは、若いころには思いもよらなかった。

次の瞬間、「やっぱり年なんだな」と思わず笑ってしまい、そして見知らぬ自分に「はじめまして」といいたくなりました。

60代までは元気いっぱい、家事に仕事にと忙しく駆けまわり、70代前半までは外国旅行に出かけてもずいぶん歩いていましたが、さすがに75歳をすぎると、ちょっと歩きすぎたかなという日には疲れるようになりました。体のおとろえは脚から来るといいますが、「ああ、私もおとろえたな」と実感したものです。

そのほか、石ころなどにつまずいて体のバランスを崩《くず》したとき、以前ならパッと体勢を立て直すことができたのに、ワンテンポ遅れて転びそうになってしまう。モノとの距離感がうまくはかれなくなったのか、ふと体の向きを変えた拍子《ひょうし》に机の角に体をこすったりぶつけたりして、気づくとアザになっているなど、年を重ねると、これまで当たり前にできていたことが、当たり前ではなくなってきます。

でも、金属だって疲労するし、コンピュータも故障します。ましてや生身《なまみ》の人間のこと、長年使い続ければおとろえて、不具合が出てくるのも当然だと思いませんか。

自分のおとろえを嘆《なげ》くのではなく、ごく自然なこととして「はじめまして」という気持ちでまずは素直に受け入れてしまう。これが年を重ねてから楽しく暮らすための第一歩だと思います。

2
人間関係の「貯蓄」をするコツ

ある時期までは、「ひとりでも生きられる」と思っていた私ですが、この年齢になってしみじみと感じるのは、実際には多くの友人や知人によって自分は今日まで支えられてきたということ。いまや、よい人間関係は老後を明るくしてくれる財産であると確信しています。

ただし、あまり年がいってから急に人間関係を築《きず》こうとしてもスムーズにはいきにくいもの。何かあったら助けてもらおうという下心でおつきあいを始める人も少なくないからです。

そういう下心のあるつきあいはどうしてもうまくいかないので、できれば50代から少しずつ、人間関係の貯蓄を始めることです。

そして50代からの人間関係の貯蓄で肝心なのは、仕事を離れた利害関係のない相手を求めるということ。仕事がからんだ利害関係によって成り立っている仲では、当然、お互いに利害が発生しなくなれば自然消滅しやすいものです。

50代に入ったら仕事の量を少し抑《おさ》え、自分と楽しみを共有できる利害関係のない人とのつきあいに時間を割《さ》くようにするとよいでしょう。


私の場合、女性ばかりの気楽な会に入っています。

職業もいろいろの高齢者グループで、若いときから働き続け、家庭のことも人まかせにはしないできたことが共通しています。年をとっても共通の何かをもった、よいおつきあいのできる友だちがいるのはそれだけで楽しい。とりわけひとり暮らしの者にとって、おいしいものを食べに行ったり、会員の知りあいを講師に招いて話を聞いたり、旅行をしたりといったおつきあいは、生活に活気とうるおいをもたらしてくれます。

この会は「老いても仲よく」が目的で始まった会。ひとつのきっかけからすぐに共通の思い出話などができるのは、同時代を生き、しかもお互いがどんなふうに年を重ねてきたかを知っているから。

この点でも、少しでも若いころからつきあいを始めれば、おたがいのことが、よりわかりあえるというものです。

ところで、よい人間関係を築くコツとは何でしょうか。

人間関係は築こうと思ってもなかなか築けるものではありません。わざわざ誰かとつきあおうと構えるのではなく、人を拒《こば》まないことから自然に人間関係は広がっていくものなのです。

3 望みは小さくもつほうがいい

30代くらいまでは、可能性に満ちた若いいまこそ、いろいろなことにチャレンジしなければという気持ちでいましたが、ある時期からあまり大きな計画は立てず、可能性のあるところを最初の目標とすることにしました。

きっかけとなったのは、ひとりの素敵な人との出会いでした。

知人の結婚式に出たとき、新郎の恩師であり童話作家として著名な坪田《つぼた》譲治《じょうじ》さんがこんな祝辞を述べられました。

「希望はあまり大きくもたず、小さくもったほうがいい」

そのとき私は、目からウロコが落ちたようにハッとしました。このようなお祝いの席ではふつう、「大きな希望をもってはばたけ」などというものですが、坪田先生は希望は小さくもったほうがいいといわれたのです。

なぜ、希望は小さくもったほうがいいのか。

それは、はじめから大きな希望をもつと、それが達成できなかった場合に挫折感《ざせつかん》をもってくじけてしまうから。まずは達成が可能な小さな計画を立て、それをクリアしたところで次に踏みだせばいいといわれたのだと私は思いました。

この言葉は、私から心身のストレスを減らしてくれました。

まだ若かった私は、あれもしたい、これもできると根拠のない自信をもっていただけで、それを成し遂げるためには気の遠くなるほどの努力が必要だということに気づいていませんでした。望みは小さくもつほうがいい、という坪田先生の言葉は、望みだけを大きくもっていい気になっていた自分を指摘されたように感じたのです。

小さな望みが完成した時点で、次の望みに向かって努力することが、結局は大きな望みへの近道だという教えは、どこかで虚勢《きょせい》を張っていた私の肩の荷をおろし、そしていまでも私の心の中にしっかりと刻《きざ》まれています。

さて、毎年一年のはじめになると「今年の抱負は？」などと聞かれます。この年齢になっても好奇心いっぱいの私は、やりたいこと、見たいものがたくさんありますが、若いころと違って、やりたいことはあっても体がついていかないということを勘定《かんじょう》に入れなければなりません。

だから、無理して大きな計画を立ててそれを人に発表するのではなく、「思うことはあるけれど、どこまで実現するかわからないのが正直なところね」というようなお返事しかできないのです。

「夢は大きくもつものだ」という考えに支配されていたら、年齢を重ねるごとに背伸びをしたり、気持ちはあっても体がついていかなくてどこか物悲しい気持ちになってしまうかもしれません。

けれども、望みは小さくもつほうがいい、という坪田先生の教えを守ってきたおかげで、自分の暮らしを人と比べることも少なくなり、小さなことにも幸せを感じられる心がつくられたように思います。そして年とともに、坪田先生への感謝の思いを深くしているのです。

4
起きてもいないことを心配しない

この年齢でひとり暮らしをしていると、「さびしくありませんか」などと同情されたり、親戚からは「その年になってまだ家事から解放されないのか」などとあきれられています。

確かにまったくさびしくないといえばうそになりますが、だからといって、いちいちさびしがっていても仕方がない。それよりもひとりでいることの自由を楽しもうという気持ちでいます。

炊事、洗濯、掃除といった家事は適度な運動になりますし、心の安定にもつながると思っているので、体が動く限りは続けていきたいと思っています。けれども、家の門を毎日開けたり、風の強い日に草花を植えた鉢《はち》を移動させたり、郵便物をポストに出しに行くことなど、いつまでできるかわからない。

でも、それを考えだしたらキリがないので、「そのときは別の方法を考えよう」と、苦労や不安の先取りはやめることにしています。

同年配の人たちと話をしていると、「病気になったら」「ボケてしまったら」という話になりがちです。もちろん私もそういったことを考えなくはありませんが、いくら不安をつのらせてもなんの準備にもならないと思うので、今日を一生懸命に生きることに専念しようと割り切るようにしています。

私自身、クヨクヨ生きても明るく生きても同じ一日なのだから、明るく生きたほうがいい、明日は明日でなんとかなるだろうと思って暮らしてきました。これまで健康に恵まれて、大きな病気をすることなく生きてこられたからいえることかもしれませんが、病気になったらそのときは入院してゆっくり休養しようなどと、少しのんきに構えているところがあるのです。

かつて同居していた姑《しゅうとめ》は、おしゃれで前向き、しゃんとした素敵なおばあちゃまで、93歳まで英語を教えていましたが、あるときからアルツハイマーの症状が出はじめました。でも90年以上も一生懸命に生きたのだもの。そうなって当たり前ではないかと私は思います。

まだ起きてもいないことを心配して、おどおどと生きていても楽しくありません。精いっぱい生きて病気になったら休み、それでも治《なお》らなくてもうダメだとなったら、それまでの命だったなと自分も思えます。つまり、毎日、一生懸命に生きていれば、老いてもそれほど怖がることはないのです。

そして、毎日を明るく丁寧《ていねい》に生きていれば、アルツハイマーになってもまわりの人は許してくれるはずですし、前向きに生きることこそが心と体の健康につながるのではないかと私は思っています。

5 きょうだいとのベストな距離感

私の家からタクシーで行けば十数分ほどの、ＪＲの駅ひとつ離れたところに妹はひとりで暮らしていました。ふたりとも高齢でひとりなので、「一緒に住んだほうがいい」「そのほうがさびしくないでしょう」などと人からよくいわれました。

けれども私たち姉妹は、それを絶対にしませんでした。

妹は自宅で音楽を教えていたので、お弟子さんがかわるがわるやって来て、ピアノの音や歌声、そしておしゃべりなどで絶えずにぎやかにしていました。

かたや私は、原稿書きも考えごともできる、ひとりの静かな暮らしが気にいっていて楽しいのです。つまり、お互いに住む世界が違うわけですから、そんなふたりが一緒になったら、もめごとが起きるのは目に見えています。

妹もそれがわかっていたから、あえて私たちは別々に住んでいたのです。

そうはいっても、私たちは決して仲が悪いわけではなく、お互いに仕事をもっているので、それなりに忙しくしていたのですが、たまにぽっかりと時間があくと、どちらからともなく電話をして相手の都合を聞き、なじみのお店で落ちあったり、ときには妹の息子が勤めているホテルでごちそうを食べることもありました。

とくに年をとって、親も夫も亡くなってひとりになった女性にとって、きょうだいの存在はとても大切で心強いもの。

ただし、お互いの生活を尊重しながら、何かあったら助けあうというぐらいの距離感が、いい関係を保つ秘訣《ひけつ》です。私と妹も、いざというときには安心な、まさにスープの冷めない距離にいるのがお互いに心地よく、たまに会うからこそ楽しくおしゃべりができるのだと思っていました。

高齢者のひとり暮らしは、とかく不憫《ふびん》に思われがちですが、いざというときに助けあえるきょうだいが近くにいて、なおかつひとりの自由な時間が存分に楽しめる、そんな暮らしが、私はとても気にいっていたのです。

6 気持ちのよいおつきあいを続けるには

年齢を重ねて人との接点がなくなり、ひとりで家にこもりがちになる人は多いようです。私自身、60歳をすぎたあたりから年ごとに親しい人を失っていくという現実を経験してきて思うのは、よい話し相手をもっていると、とても心強いということです。人と交わることによって、「あの場所でケガをした人がいる」「こんな事件が多発しているらしい」といった身近な情報を得ることもでき、また自分の発信したことが仲間の役に立つかもしれない。女同士の友情も、趣味の話などが気軽にできる男性とのつきあいも、大事に育てていけば、必ずや生活を活気づけ豊かにしてくれるでしょう。

ただし、どこに行くのも一緒、相手のことをなんでも知っていないと気がすまない、個人的なことを根掘り葉掘り聞くといった、べったりとした関係は個人的には苦手《にがて》です。私が理想的だと思うのは、お互いが自立しており、必要以上に相手の私生活に入りこまないという関係。

ひとりでいられないから、ちょっとさびしいからと、人と群《む》れようとするのは甘ったれです。誰かと密接な関係をもっていないと不安になるような人と、私は人間関係をもちたくありません。人間関係を気楽にしておきたければ、そういった人とは関わらないのがいちばんです。

私は人から相談を受けても、できないことはハッキリとそういいますし、求められれば手を貸すことはあっても、こちらから進んで人の世話を焼くということもしないという姿勢をとってきました。

それを冷たいと感じる人もいるかもしれませんが、そういう人を無理に追いかける必要はないと割り切っている。結果的に、ある一定の距離感を保った少々淡白なくらいの関係のほうが、気持ちのよいおつきあいが長く続けられるということが、感覚的にわかっているからです。

人に求めてばかりではなく、自分の人生は自分で決める。私はずっとそうしてきたつもりです。ですから、心おきなく話をすることのできるよい仲間と、自分の足で立っているという自立した精神のどちらも、私にとっては大切なもの。だからこそ、よい人間関係を保つための、ほどよい距離感を守っていきたいと思うのです。

7 夢中になれる何かを見つける

主婦であることと、仕事をもつ女であることをどちらもしっかりと握りしめて生きようと、わき目もふらずに走り続けてきた30代、40代を経て、50歳にさしかかったころ、肉体的、体力的な変化とともに、人は確実に年をとるのだということをしみじみと感じました。そして、「主婦からも職業人からも放たれた日の自分」というものをそのころから真剣に考えるようになったのです。

そんな中でようやくつかみあてたのが、日本人の生活史を勉強し、自分が続けてきた家事評論という仕事をさらに深めたいということでした。機会を得ては専門家の話を聞き、関連の書籍を読み、さらにはさまざまな土地を実際に訪ねて、人々の生活の歴史につながることを自分の目で見、耳で聞いてくる。

この本気で取り組む「ひとつの勉強」を見つけてから、年を重ねても退屈したり、人をうらやんだりして生きなくてもすむという自信がもてるようになったのです。

本気になるということは、自分にいちばん厳しくなること。

家事や仕事は私にとって「しなければならないこと」でしたが、勉強はしてもしなくても誰も文句はいわない。そこがやっかいなところでもあり、だからこそ「なんとかしなくちゃ」「やりたいことはたくさんあるのだけど」と、口ではいいながら結局なにも行動を起こしていないということになりやすいのです。

心豊かで明るく年を重ねるためには、心のよりどころとなる自分だけの世界をもつのがいい。写真を撮ることでも音楽を聴《き》くことでも、花を育てることでもなんでもかまいません。自分を高めることができ、それさえあれば気持ちが満たされて退屈しないというものがひとつでもあれば、それは何にもかえられない心の財産になります。

そして、夢中になれる何かがあれば、多少の無理もきくし、そのための時間を捻《ねん》出《しゅつ》しようとするものです。

自分のしたいことをもっていない人、自分を生かすものを探す努力をしない人というのは、たとえ物質的には恵まれていても、常《つね》にもっといいものがありそうだと欲求不満に陥《おちい》っていることが多い。そして、まわりに影響され流されるだけなので疲れるものなのです。

昔ふうにいえば、人生50年。50歳をすぎれば余生のようなものでしたが、実際に自分が60歳をすぎると、余生どころかまだまだ学ばなければならないことだらけで、毎日うろうろするばかりでした。

流されて暮らしても時間はすぎていきますが、この世に生を受けた以上、自分が生きた証《あかし》というものがほしいと思うのは誰しも共通しているのではないでしょうか。それを探り当てる努力をしたいと私は50歳のときに思ったのです。

しかし正直をいうと、50歳でそれを知ったのはやや遅かったのかもしれません。新しい何かを学ぶには記憶力が落ちているのです。

自分を生かすための勉強を始めるのは早いほどいいようです。

8 元気なうちに人生のしまい方を考えたい

姑がこの世を去ったのは96歳のとき。当然のごとく、同世代の友人のほとんどはすでに亡くなっています。夫は、葬儀をすれば母の顔さえ知らない自分の知りあいが駆けつけてくれることになるのではないかと思い、きょうだいで相談して子どもや孫たちだけで見送ろうということになりました。

無宗教なので戒名《かいみょう》もお経《きょう》もなし、姑の好物だったチーズケーキと紅茶を添えて、みんなで姑のことを話しながらひと晩を過ごしました。こうして身内だけで静かに温《あたた》かく見送りをすると、夫はそのスタイルがとても気に入ったようで、自分のときも同じような別れ方をしてほしいといいました。

夫が亡くなったのはその3年後のこと。姑のときとまったく同じというわけにはいきませんでしたが、私は生前に夫にいわれていたとおり世間一般の葬儀はせず、静かに見送りをしたつもりです。もっとも、今日では近親者だけでお別れをするスタイルも珍《めずら》しくなくなってきましたが、夫が逝ったのはいまから30年ほど前。一部の私の親戚からは「世間がなんというか」と強く反対されました。

おそらく多くの人が、冠婚葬祭は心ありきで形はシンプルにしたいと心の中で願っているのに、なかなかそこに踏み切れないのは、どうしても他人の噂話《うわさばなし》が気になり、それを振り切る勇気がないというところにあるのかもしれません。

幸い夫は葬儀に対する希望を私にはっきりと伝えておいてくれたので、そこから勇気をもらい、周囲から反対されても私は自分たちで決めたお別れの方法を押し通すことができました。

人生の最後を締めくくる葬儀は、自分の思いどおりにしてもらえるのがいちばん幸せでしょう。そのためには、自分の希望をきちんと家族に伝えておくことが大切です。どんな葬儀にしてほしいか、遺影にはどの写真を使うか、お棺には何を入れてほしいかなど、元気なうちに自分の考えをまとめておきたいものです。

「いまから葬儀の話をするなんて縁起《えんぎ》でもない」と思う人もいるかもしれませんが、死はすべての人に訪れるもの。むしろ、あまり年をとってからでは遅いともいえるのです。

9
「人のせい」をやめると気が楽になる

みんなが中流意識をもって暮らしてきたここ数十年、自分の美意識で暮らし方を選ぶということを私たちは置き去りにしてこなかったでしょうか。

新しい商品を見れば欲しくなる、人より早くそれを使うことで豊かな気分を味わう、そんな繰り返しの中で、自分にとって本当に必要なものは何かと考える習慣を失ったのかもしれません。

中流意識は、自分らしさをつくる美意識とは縁遠《えんどお》いものです。

自分が「こうありたい」と願い、それにこだわって生きることは決して簡単なことではありません。それを実現させるための努力や工夫もいると思うのです。

その努力をしようとせずに、「ひまがない」「お金が足りない」と、なんでも誰かのせいにして生きるのは甘ったれというもの。

子どもの手が離れて自分の時間ができ、せっかくいままでできなかった新しいことにチャレンジする機会ができたのに、「でも、親戚のものがいろいろいってくるんですよ」「ご近所の目があるから」などとグチグチといっている人がいます。

これも結局、自分が行動を起こせないことを人のせいにしているわけです。

私はそういう人を見ると、腹が立ってきてこういってしまいます。「人に何をいわれたっていいじゃない。その人たちがあなたにいったい何をしてくれるの？」と。

いつもまわりの顔色をうかがい、自分をなくして生きていても疲れるだけ。人のいうことに惑《まど》わされないことも、自分らしく生きていくうえで大切なことです。

そして自分で考え、自分の責任で生きていれば、何かあったときにも納得することができる。

人のせいにするのをやめると、気持ちがすっと楽になるのです。

10
失ったものを数えない

50代以降は失うものがたくさん出てきます。体力は落ちてきますし、働き盛りをすぎれば経済的にも下り坂になる。個人差はあるにせよ、私が年をとることで感じるのは、簡単な家事がだんだんむずかしくなるということ。

最近は高いところのものを取ったり、重いものをもつ、しゃがんで雑巾《ぞうきん》がけをするといったことがむずかしくなり、手に力が入りにくいので、カボチャなどの硬い野菜を切るときに勢いで手を切ってしまいそうで怖いのです。

サトイモの皮をむくのも指先の力が必要ですし、根菜類を細かく刻んだり、キャベツの千切りが面倒になるという人も多いようです。

つまり年齢を重ねるということは、自分の能力が徐々に失われていく過程でもあるのです。でも、できなくなったことを数えて自分を憐《あわ》れんだり、失った能力を取り戻そうと焦《あせ》ってもむなしくなるだけ。それよりも肝心なのは、失われつつある能力をどのようにカバーするか、ということではないでしょうか。

たとえばカボチャを切るときに、私は一個を丸のままラップでしっかりと包んで、電子レンジで温めるようにしました。これならやわらかくなって楽に切れますし、やわらかくなりすぎたところは、ポタージュにしたり、コロッケやプディングに使えばいいのです。

また、重いものをもつとよろめいたり、ちょっとした段差でつまずいたり、転びやすくなってからは、安全第一の暮らしに切り替えました。

重たいものはもたない、かかとの高い靴は履《は》かない、靴底に滑《すべ》り止めのついた靴を選ぶなど自分なりの工夫をすれば、日常生活でのアクシデントはある程度回避することができるでしょう。

年をとるにつれて、いろいろなものを失っていくのは自分だけではありません。かつてと同じような生活はできなくても、与えられたいまの生活を自分らしく楽しむことができれば、それで充分に幸せだと私は思います。

11 お金をかけない贅沢、心の遊びを楽しむ

年をとり、とくにひとりになってから「時間もち」になった私は、ものの見え方が昔とずいぶん違ってきました。まっ赤に色づいた柿の葉が落ちているのを見ると、いとおしくなり、集めては束《たば》ねて花のように飾っておく。

またあるとき、櫂未知子《かいみちこ》氏の『食の一句』（ふらんす堂）という食べものに関わる歳時記ともいえる本をめくっていたら、こんな句が目に留《と》まりました。

「炊《た》き上げて　うすき緑や　嫁菜飯《よめなめし》（杉田久女《すぎたひさじょ》）」

とたんに私は菜めしが食べたくなり、ちょうど家にあった聖護院大根《しょうごいんだいこん》の青い葉だけをこそげとり、塩熱湯に通してギュッとしぼってみじん切りに。茎《くき》はこまかく刻んで塩漬けにしたあと、うすい塩味をつけた炊きたてのごはんにそれらを混ぜこみました。

こうして完成した菜めしに白ゴマをパラパラとふりかけて、ひとりでハフハフいいながら食べる。たったこれだけのことですが、ふと出合った一句から食べたくなった

ものをすぐにつくって食べるということが、とても幸せに感じられて、何か大発見をしたような気になったのです。

東京都内でも、私の住む杉並《すぎなみ》あたりはまだ自然豊かで、四季折々の景色を眺《なが》めることができます。また、わが家の小さな畑でも季節ごとの花や野菜が目を楽しませてくれる。若いころは、道に落ちた葉っぱに気を留める余裕もなく、夕日が沈むのをただ黙って眺めているなんて退屈でがまんできませんでした。

でも、いまは夕日の美しさに見入ってしまうことがあり、それは退屈どころかなんとも贅沢《ぜいたく》で充実したひとときだと感じるのです。

また、いろいろなものへの未練《みれん》がなくなるからでしょうか、年を重ねるにつれて欲望の整理が上手になります。たとえば、思い出の品や高価な器《うつわ》などは、以前は落としてはいけない、割ってはいけないという気持ちから大事にしまいこんでいましたが、いまは好きなものなのだから、ふだんに使おうという気になりました。

贅沢とはお金をかけないとできないものではありません。日常の中のささやかな贅沢、心の遊びが楽しめるようになったのも、年をとったおかげだと思っています。

12
「嘆きグセ」「悔やみグセ」をつけない

自立した人間でいたい、というのは私が生きるうえで核としているものです。私が幼いときに両親は離婚をしました。けれども母は、ずっと父のお金で暮らしていた。つまり、ひとりでは生きていけない女性だったのです。

それを見ていて私はとてもみじめだと感じ、「自分はどんなことがあっても、仕事をもって自分の足ですっくと立って生きていける人間でありたい」と強く思うようになりました。だから、30代で結婚したときも、40代で姑と同居を始めても、仕事だけは捨てまいと思って今日まで続けてきたのです。

女性が何ごとも自分で決めて、自己責任で生きていくのは困難だと思われるかもしれません。でも、自分で決めれば後悔はしないので、むしろこのほうが清々《すがすが》しく生きていくことができると私は感じてきました。

もちろん悩んだり、迷ったりすることもありますが、自分で決めたからには、そこに向かって突き進むしかない。

生きていれば、誰にだってつらいことや逃げだしたいことがあります。そんなときに、自分と向きあうことなく、踏みだすことを恐れて人に求めてばかりでは、幸せになれないと思います。

自分で幸せになる努力をせずに、嘆いたり、悔《く》やんだり、恨《うら》んだりということを繰り返していると、心にそういうクセがついてしまう。それはとても哀《かな》しいことだと思うのです。

私が40代のときから同居を始めた姑は、母屋で私たち夫婦と一緒に暮らすのではなく、当時私が仕事部屋にしていた庭のプレハブハウスでひとりで暮らしたいといいました。

まわりからは、「なぜ母屋で一緒に暮らさないんですか」「子どもといるほうがお年寄りは安心でしょう」などとずいぶんいわれましたが、自立心の強い姑は、独立した住まいで気兼《きが》ねなく生活することを選んだのです。

姑は外交官夫人でありながら恋におちて家を出た人。当時の女性にはなかなかできることではありません。そんな思い切りのよさも私には素敵に思えました。

価値観というものは人それぞれです。女はこうあるべし、老人はこうあるべしなんて世間が勝手にいっているだけであり、世間体《せけんてい》や常識にとらわれて生きていても疲れるだけ。いくつになっても、自分が描いた設計図にそって楽しく人生を過ごすためには、人のいうことにいちいち惑わされないということも大切なのです。

まわりの無用な意見は聞き流し、自分と向きあい、ひとりでものごとを考えて、まさに自分らしく淡々と生き切った姑は、私のよきお手本となりました。

2

13 絶対に手放してはならないもの

人生の下り坂にさしかかったら、背負ってきた荷物を少しずつ下ろして身軽になることも大切です。しかし、絶対に手放してはならないものがある。それが健康への留意です。他人に誇《ほこ》れるようなものは何ひとつない私が、機会を与えられてさまざまな仕事を今日まで続けながら、家庭を大事に守ってこられたのも、ひとえに健康あってこそだと思っています。

体の調子が悪かったり病気をしたりすると、人は暗くなったり、やけになったりします。生きることが苦痛になることすらあります。

私自身もそうですし、立派だと思っていた人が病気をしたことで人柄まで変わって心のせまい人になるのも見てきました。人生設計を描き、大きな希望をもって仕事や勉強に励んできても、病気になることであきらめざるを得ない人を目の当たりにすると、私はとても歯がゆく悔《くや》しい思いをします。

元気なときは健康なんて当たり前だと思いがちですが、改めていうと健康こそが何にもかえられない財産です。

どんなにお金があっても、健康がなければ楽しい生活はできません。誰にでもある欲望も、最後は健康への欲望と、それを支える食欲だけになっていくのですから、健康欲だけは、生きるうえでの欲望として最優先したいものです。

そうはいっても私自身、健康のために特別なことをしているわけではありません。旬《しゅん》の野菜やくだものなど、ごくふつうの食事をバランスよく食べる。ちょっとした用事を見つけて一日に一度は外に出るようにする。そして心を健《すこ》やかな状態にしておくといったことぐらいでしょうか。

おかげで、これまでに大きな病気をしたことはありません。

どんなに健康に留意をしていても、風邪をひいたり頭が痛くなることはあります。それでも、自分の体は一生の財産として大切に扱うという努力は必要だと思うのです。そのためには、健康に害を及ぼすような欲望を捨てることも大事。

また、みすみす健康によくないとわかっている不養生《ふようじょう》を避けることも、わが身を助けることにつながります。

14 食事だけはいいかげんに考えてはいけない

夫を見送り、一緒に住もうといってくれた息子夫婦ともあえて別に、ひとりで気楽に暮らしているという私の知人は、ひとりで暮らしはじめてから、ほとんど食事を自分でつくらなくなってしまいました。

その女性は、コーヒーとドーナツがあれば朝も昼も間に合うといい、夕食もコンビニのお弁当や外食ですませるという生活を何年も続けていたようです。

その方があるとき、家の中で転倒して動けなくなったと聞きました。

それが食事のせいだとはいいませんが、どこか偏《かたよ》った食生活が骨や筋肉などを弱くする一因になったのではないかと私には思えてしまいました。

ひとり暮らしをするうえで、とにかく怖いのは病気です。ひとり暮らしは不摂生《ふせっせい》になりがちなうえ、年齢を重ねれば思わぬ病気に見舞われることもある。私などの年齢になると、昨日までできていたことが今日はできなくなることもありますから、能力をおとろえさせないようにする努力も必要になってきます。

そんなわけで、ひとりでも食事のことはいいかげんに考えてほしくないと私はつねづね思っています。

毎日自炊しろとはいいませんが、お弁当を買ってきても、お味噌汁だけは自分でつくるとか、インスタントラーメンに卵とホウレンソウを加えるだけでもいいのです。

これくらいなら、仕事をもつ忙しい人にもできるはずですし、少しでも栄養のバランスがとれるように工夫をすることは、体に対するマナーでもあると思います。

ちなみにわが家の最高の贅沢《ぜいたく》は、ピーマン、春菊、水菜、京菜、キュウリ、ミニトマト、クワイなど、庭の小さな菜園に実った旬の野菜を収穫してすぐに食べることです。

とれたての青菜をおひたしにして食べたりすると、みずみずしい植物の生命力をもらっているような気がして元気がわいてきます。

15
健康を保つ日々の食事術

いったい人間は、どのくらい食べれば生きていけるのだろうか。

あまりにも食べるものがない戦時中に、ふとそんなことを思ったのがひとつのきっかけとなって、私は栄養学校に進学することにしました。

栄養学校での授業で最初に学んだのは、「栄養のバランス」でした。

人間は生まれてからほぼ1年間は母乳だけで育ちます。しかもその母乳だけで赤ちゃんの体重は2倍にまで増える。これは、母乳の中に人間に必要な栄養素がすべて含《ふく》まれているということを意味します。

健康を保つ基本は食事です。それもバランスのよい食事をとることが肝心。しかし、私たちがふだん口にする食品には、人間が生きていくのに必要な栄養素をすべて含んでいる食品というものはありません。したがって、栄養をバランスよくとるためには、偏りなくさまざまな食品をとらなければいけないということです。

とはいっても、一日30品目などとあまり神経質に考える必要はありません。

たとえば、朝食に卵焼きをつくったら、それに大根おろしと少々の野菜を加え、干物《ひもの》などがあればそれも加えてみる。「あ、いけない。海藻《かいそう》を食べていなかった」と思えば、昼食か夕食で海藻を多めにとり、外食をして野菜が足りなかったと感じたら、家に帰ってからトマトなどをちょっとかじればいい。

一食ごとではなく、一日という単位の中でバランスよく食べればいいのです。

戦時中は軍隊でも、「1種類よりも2種類食べろ」という教え方をしていたそうです。おつゆに入れる実にしても、ヨモギだけでなくワカメがあればそれも入れるように。そのワカメもなければ葉っぱでもなんでもいいからもうひとつ足すようにと、たたきこまれたと聞きます。

現代ならひじきを煮るときにはお豆やニンジン、油揚げなども加えれば、すぐに4〜5品目にはなります。そのうえで牛乳を飲んだり、くだものなどをつまめば、トータルで数十品目になるのではないでしょうか。

わざわざ品目数をカウントしなくても、「種類を多く」ということを常《つね》に頭のかたすみに入れて食事をしていれば、自然に栄養のバランスもとれてくるもの。なにも特別なものを食べなくても、ふつうのものをバランスよく食べればいいのです。

ただし、微量栄養素は年をとると不足しがちになるそうなので、私は総合ビタミン剤だけは毎日飲んでいます。

そういう体へのちょっとした手助けに、サプリメントなどを上手に活用するとよいのではないでしょうか。

さて、私は若い女性に家事家政の話をする機会が多いのですが、そのときに、「料理は、おかずとなる副食のつくり方をたくさん覚えるように」といいます。

目標は、ひとつの材料につき、3種類の料理を覚えておくこと。

たとえば、豚肉ならトンカツ、酢豚、生姜《しょうが》焼きといった具合に。また、豚肉のどこを使えばおいしいのか、各部位によってさらに3種類覚えれば完璧。卵料理なら、少なくとも10種類以上をといいます。

もしも葉つきの大根が手に入ったら、葉の部分は刻《きざ》んで「菜めし」に、大根のやわらかい部分と茎《くき》で「一夜漬け」、あとは「おろし大根」をたっぷりつくって、焼き肉を楽しむのもよいでしょう。

ビタミンAやCを含む大根の葉のすばらしい栄養価はいうまでもなく、焼いた豚肉にレモン醤油《じょうゆ》をつけて食べれば、ビタミンB1やレモンの有機酸がとれ、おろし大根は消化を助けてくれます。

料理ができることはひとつの生活力だと思うので、男女を問わず、早いうちからその能力をつけておくことが理想だと思います。

16

抱え切れないことはしないという知恵

夫と暮らしていたころ、わが家にはお客さまもよく見えたので、夜遅くなってから原稿の執筆にとりかかるということもしばしばありました。忙しいときには、まさに寝食を忘れて仕事をしていたのです。

若いころは、自分の意思《いし》さえしっかりともっていればなんとかなる、あきらめなければ物事を成し遂げることができると、どこかで思っていたのでしょう。

ところが年齢を重ねるにつれて、やろうという意思はあっても自分の思いどおりには運ばないことが出てきます。頭ではやろうとしているのに、体が「これ以上は無理」というサインを出してくるのです。年齢を重ねるほど、そのジャッジはわりとやさしくなってきます。

今日は買いものに行くつもりでいたのに、歩くのがちょっとしんどいなとか、食事をつくるのは好きな私ですが、日によっては台所に立つのは重荷に感じられるときがあります。

そういうときには、若いころのときのように気合いで乗り切るのではなく、無理をしないことにしています。つまり体の声に素直に従うのです。

仕事においても、かつてのように寝食を忘れることができなくなってきたので、眠くなったら寝てしまう。でも、そんなときに「私って怠《なま》け者」だと自分を責めることはしません。眠いのをがまんして仕事をしてもはかどりませんから、そんなときはエイッと寝てしまったほうがいい。ちょっとでも寝ると、頭も体もスッキリしてかえって効率はよくなるものです。

ただし、できないことをはっきりと認めることは大切ですが、自分ができなくなったことを人に肩代わりしてもらうのは甘えだと思います。できなくなったことは、徐々に手放していけばいい。身の丈《たけ》で暮らせばいい。

自分を甘やかさないとともに、年齢を重ねてからはとくに、抱え切れないことはしない、無理をしないことも健康を守るうえでの大切な知恵です。

17 元気のコツは治療よりも「予防」

元気に生きるポイントは、治療よりも予防に目を向けることです。私も若いころからバランスのよい食事こそが病気予防の要《かなめ》だと考えて、それを心がけ、自分の健康は自分で管理してきました。

それに加えて定期的に検診を受けることも、生活習慣病などの予防のために大切なことです。もっとも検診の結果に一喜一憂することはないと思いますが、ふだん自分では気づきにくい体の声に耳をすませる機会として、定期検診を役立てることができると思うのです。

私の場合、現在は年に一度の老人検診と眼科での定期的な検査に加え、月に1回のペースで内科の先生の訪問診療を受け、血圧と心臓の具合を診《み》てもらっています。

いまのところ大きな問題はありませんが、ときどき血圧が高くなることがあり、そういうときには、「この間の旅行の疲れが残っているのね」などと考えて、少しおとなしくしているのです。

以前、ハリに通っていました。ハリの先生は大学の国文学の先生でもあり、ハリを打ってもらいながら国文学のお話を聞くことができるのが楽しみでしたが、亡くなられました。

いま、月に2回通っている指圧は、凝《こ》りがとれて気持ちがよいだけでなく、指圧を受けながら、ああ、こんなところが凝ってるんだなぁと、自分の体の状態を知ることができるのも魅力です。これも大きな意味で病気やケガの「予防」につながるのではないでしょうか。

それから、風邪気味だなと感じたら、卵酒をつくったり、葛湯《くずゆ》に生姜のしぼり汁をたっぷりと入れて飲むこともあります。

どちらも昔の人の知恵で体を温《あたた》める作用があり、これらを飲んで早めに寝れば、本格的な風邪にならずにすむことが多いのです。

18

数値や情報に振りまわされるのは不健康

はたから見れば、およそ健康とはほど遠いような生活をしていても長生きしている人もあれば、人間ドックから出てきて、数値になんの異常もなかったのに、次の日に死んでしまった人もいます。

人の命とはわからないもの。また、人間の体というのは、数値ですべてがわかるほど単純にはできていないということなのでしょう。

私も太りすぎているため、「肝臓《かんぞう》に脂肪《しぼう》がたまっているかもしれません。数値も少し上がっています」とお医者さんにいわれたことがあります。

でも、わざわざ病院に行って、肝臓の数値を下げる薬をもらうといったことはしていません。肝臓に脂肪がたまっているといわれたら、まずは食事をちょっと工夫したり、いつもより少し多めに体を動かすように心がければよいと考えているのです。

以前、食にまつわるシンポジウムで、現・神奈川県立保健福祉大学学長の中村丁次《なかむらていじ》先生とご一緒したとき、先生はこんな言葉を唱《とな》えていらっしゃいました。「おいしく食べて元気に死ぬ」。多くの人は年をとったから死ぬのではなく、生活習慣病で死ぬ。だから、そういう病気にかからないように、生活習慣の要であるよい食事を心がけることが大切だということでした。

世の中には、健康食品や健康グッズ、健康法にいたるまで、健康にまつわる情報があふれかえっています。けれども、あれがいけない、これがいいなどと多すぎる情報に惑《まど》わされることなく、バランスよくおいしく食べて、ほどよい運動と休息をする、そしてなんでも明るく考えているのがいちばんなのではないかと私は思っています。

健康のためにあれを食べてはいけない、これもダメでは食べる楽しみも半減してしまいます。私は和菓子やくだものが大好きで毎日のように食べていますし、トンカツやステーキもときどき食べます。

医者には「太りすぎです。食事制限をしなさい」といわれますが、好きなものが食べられないのはつらい。「いざ大病をしたときには、この脂肪の蓄《たくわ》えで乗り切るのだ」などと、勝手なことを考えています。

年を重ねたら、健康についてのある程度の知識はもっていたほうがよいかもしれません。けれども数値や情報にあまり神経質になって振りまわされるのは、逆に不健康のようにも思います。

多少おおまかに構えて生きていたほうが楽しいし、日々楽しく暮らしていれば、免疫力《めんえきりょく》も自然に高まるとも聞きます。

19 「隠居」するのも生き方

人とのつきあいは大切ですが、つきあいがよすぎるとわが身を滅ぼすことにもなりかねません。

たとえば私のもとには、政治家の出版記念会のようなさまざまなパーティの案内が届きますし、いろいろな会の会員になってほしいといった話も来ます。ですが、こういったものはすべてお断りするようにしています。

そのほとんどが人集めにすぎず、私ひとりが行かなくてもどうということのないものです。お義理で出てケガをしたって、誰もかまってくれませんし、帰りが遅くなれば危ないからタクシーに乗ることになり、すぐに5000円を越してしまいます。

そのようなことが続けば、金銭的にも体力的にも負担になるのは目に見えています。

また、家にいてもちょっと疲れていたり風邪気味のときなどは、夜の早いうちから門を閉めて鍵《かぎ》をかけてしまう。人が訪ねてきても会いませんし、用事があって来られた場合も事情を話して玄関先でひきとっていただきます。

上がっていただければお茶を出さなければならないし、その後片づけをすれば寝るのも遅くなってしまいます。

いろいろと気をつかって生きなければならないのが現代人かもしれませんが、お金も体も無理をしていては長生きできません。

ですから、自分の年齢を有効に使って、「もう年をとりましたから」と、きっぱりと断ることにしているのです。それが自分のため、ひいてはまわりに迷惑をかけないことにもつながります。

ちなみに、私は60歳になった時点で、年賀状を出すことをやめました。

人生の貴重な残り時間を考えたら、義理のおつきあいに時間を割《さ》くのはもったいない。それよりも本当に心を許してつきあえる人と楽しくつきあいたいし、自分の心にそうことにエネルギーを注ぎたいと考えています。

「隠居《いんきょ》」という言葉があります。これは、煩雑《はんざつ》な社会生活から遠ざかるということで、冠婚葬祭などのおつきあいや義理から卒業できるということも意味しています。

人生五十年だったころは、早い人は40歳で隠居宣言をしたそうです。年を重ねたらそういった浮世の義理から離れて悠々自適に暮らすのも気楽に生きるうえでのひとつの知恵といえるでしょう。

20 大きいホームドクターの存在

ホームドクターと呼ばれる、いわゆるかかりつけのお医者さんをもつのは、健康を守るうえで大きな安心感につながります。

大病院では患者数が多いこともあり、長時間待った末に診察時間はほんのわずかということも。また、病状を詳《くわ》しく説明してもらえなかったり、ちょっとした相談がしにくいということもあります。

私のホームドクターは、区内の訪問診療で診てくださる内科の先生。気さくな先生で、病院にも籍《せき》がおありなので、何かあったときはまずこの先生に相談するのです。

ちょっと風邪をひいたときの治療や、簡単な健康診断をしてもらえるホームドクターを近くにもてば、自分の健康状態を知ってもらうことができるうえ、精密な検査や入院が必要になるようなときにも、適切な指導を受けることができます。

ただし、ホームドクターは、ただ家から近いという理由で選ぶのではなく、病状などについて患者によく説明してくれ、信頼できる人柄であることがいちばん。

私は風邪をひいたときには、決まった銘柄の市販薬を飲むのですが、かかりつけのお医者さんにそれとなく聞いてみたら、「それで結構ですよ」といってくれました。

こんな相談を気軽にできるのもありがたく、年を重ねて体が弱ってくると、ますますホームドクターの存在は大きいと感じます。

21 眠れない夜には

ときどき眠れなくなる日があるのは、年のせいかもしれません。

夫がいなくなってから、一緒に楽しんでいた煙草もお酒もとたんに欲しくなくなったのですが、あるとき深夜にテレビで古い西部劇を見ていたら、若いころにファンだったアメリカの俳優が口に放りこむようにウイスキーを飲んでいるシーンが映しだされました。

それにつられて、つい私もブランデーをもちだしてきて久しぶりにお酒を楽しみました。以来、寝つけない夜は、起きだしてワインを一杯飲むか、ブランデーを落とした紅茶を楽しんでいます。

また、眠くなるまでと思ってベッドの中でテレビを見たり、ラジオを聴《き》いたりしていると、いつの間にか眠りについていて、テレビがついたままになっているなんてこともあります。

眠ろうとしても眠れないつらさが最近になってわかってきましたが、寝つけないときは、あまり眠れない、眠れないと思わないほうがいいようです。

横になっているだけでも休息になりますから、体の反応にまかせて無理に眠ろうとしない。要は、体のサインに逆《さか》らうようなことはしないほうがいいと思うのです。

これは起きている時間も同じで、いくら気持ちはあっても体が休みたいというサインを出していれば無理はしません。ただし、無理をしないかわりに、体力があるな、と思える日にはよく動くようにしています。

動くこと、働くことも元気でいるための秘訣《ひけつ》です。

22
どんな小さな欲望も簡単には捨てない

私は、おいしいものを食べるのもつくるのも大好きです。

ところが夫が亡くなって半年間ほどは、外に食べに行ったりよその家でごちそうになったりで、ほとんど料理をしませんでした。とたんに料理をするのが嫌《いや》になってしまったのです。

なぜだろうとよく考えてみたら、私はそれまで夫のため、姑《しゅうとめ》のため、そしてわが家に見えるお客さまのために料理をつくってきたのであり、一度として自分の口を喜ばせるということをしていなかった。それに気づいてからは、よし、これからは自分のために料理をしようと思ったのです。

自分のために料理をする直接のきっかけとなったのは、とある日本料理のお店で突きだしに出てきた、柿とコンニャクの白和《しらあ》えを食べたことでした。

柿とコンニャクの白和えは、私の大好物。出てきたそれもとてもおいしく、本当はもっといただきたかったのですが、まさか突きだしをおかわりするわけにもいきません。その日はぐっとがまんしましたが、ちょうど柿が旬の時季でしたので、後日、自分のために家で白和えをつくったのです。

好きなものを自分でつくり、思う存分食べたときのうれしかったこと。やはり自分の舌は自分でしか喜ばせられないと、このとき確信しました。

年を重ねると、ゴボウやニンジンを刻むことさえも億劫《おっくう》になりますが、私の場合、キンピラを食べたいという一心でせっせとゴボウを刻みます。

柿とコンニャクの白和えもしかり、この「食べたい」という欲望を失ってしまったら、ゴボウを刻んだり、和え衣《ごろも》をつくるといった面倒なことはしなくなり、やがてその能力もなくなってしまうことでしょう。

話は変わりますが、夫が写真の個展をやるのでぜひ見てやってくれないかという通知が知人から来たので、いそいそと出かけていったことがあります。

ご主人の年齢は92歳。現役で出版社の社長をしながら、夜の時間を使って、写真を引き伸ばしたり、額縁《がくぶち》を探したり、コメントを加えたりという個展のための作業をすべてひとりでこなしたというので驚きました。

奥さんいわく、「好きなことだから、夜中までやっても疲れないのでしょうね」。体はどこも悪くなく、好きなお酒は相変わらず飲んでいるとか。さぞかし奥さまは身のまわりの世話などで苦労も多いのではないかと思いきや、「朝食は夫の役目ですから、私はゆっくり起きますの。なんでもよくする人だから手がかかりません」と。

92歳の旦那《だんな》さまは、背筋がしゃんと伸びて歩き方もしっかりしている。現役で仕事をし、趣味の写真に打ちこみ、そして家のこともきちんとする旦那さまと、それを静かに支える奥さん。夫婦ともども健康に過ごす日々が、老いを感じさせない理由になっているのかもしれないと思いました。

強い欲望があれば、それに突き動かされて体もついてくるものです。どんな小さな欲望も簡単には捨てないこと。これが心と体の健康につながるのではないでしょうか。

23 香りで身も心もリラックス

甥《おい》が熱海のハーブ園で買ってきてくれたラベンダーの苗。寒さに強いとは聞いていたものの、冬の間も太陽をいっぱいに浴びて元気に育ち、葉があちこちに伸びてしまった。そこで思い切って短く切り詰めたら、一面にいい香りがただよったので、「今夜はラベンダーのお風呂を楽しもう」と思い立ちました。

香水や香料の入った化粧品はほとんど使わない私ですが、花の香りや草むしりをしているときの青くさいようなにおいには、ふと立ち止まって深呼吸をしたくなるのです。その夜は、ラベンダーの香りがいっぱいに広がるお風呂に入り、とても贅沢な気分を味わいました。

また、ラベンダーの香りには神経を鎮《しず》める作用があると聞いたのを思いだし、あるときは、刈りこんだラベンダーをガーゼの袋に入れてまくらの下に置き、あるときはピローケースの中に入れて香りを楽しみました。

ラベンダーの効能云々《うんぬん》はさておき、こんなさわやかな香りに包まれていたら、自然に身も心もリラックスして安眠できるような気になります。

私はラベンダーだけでなく、庭中にはびこっているミントや、青じそ、赤じそも同じようにガーゼの袋に入れて、生きた葉の香りを楽しんでいます。

昨今《さっこん》は西洋ハーブがブームのようですが、日本人は昔から草や木の香りを大切にしてきました。

日常のさりげない暮らしの中でも、お茶がらを手まめに干しては缶に保存し、新しい枕をつくるときにそばがらに混ぜて使ったものです。そのときに、お茶がらを煎《い》り直して香りをよくすることを忘れませんでした。

目には見えないものですが、香りが私たちの暮らしや健康にもたらしてくれるものは想像以上に大きいのではないのでしょうか。

刈り取ったあとの行儀よく鉢《はち》に収まったラベンダーを眺《なが》めながら、改めて土がもたらしてくれる自然の恵みに感謝したい気持ちでいっぱいになりました。

3

24
「こまめ掃除」のすすめ

心身になるべく負担をかけないために、私の場合、たとえば原稿の締め切りが30日なら、自分の中での締め切りを25日に設定して執筆をします。そうすると、心にゆとりができてとても楽になります。

また、家事においても、ちょっとした汚《よご》れやほこりは放っておいて後で一度にやろうとすると、たいへんな労力がかかってしまうので、毎日ササッと掃除を行う。仕事も家事も、早め早めにやることが無理をしないためのコツです。

家の中でとくに注意したいのが、台所などの水まわり。

年を重ねると目が悪くなるだけでなく、細かいことが面倒になる傾向があるため、毎日使う茶わん類に茶渋《ちゃしぶ》がついていたり、洗面台に石けんかすがついていたりしても、見過ごしてしまうことがあります。

また、水気の多い場所は、少し掃除をサボるとカビや細菌類の温床《おんしょう》になってしまい、汚れがひどくなってからでは、落とすのもひと苦労。だから、こまめな掃除がものをいうのです。

私の場合、ステンレスのシンクは食器を洗ったあとに、洗剤のついたスポンジでそのままササッと洗います。水切りかごは、プラスチックならあえて汚れが目立つ白いものを選び、毎朝水洗いをするとともに、ときどき漂白剤の液につけてかごの裏側や細かい部分に入りこんだ汚れをきれいに落とす。

トイレも気づいたときに汚れをさっとふきとってしまいます。市販の紙ぞうきんなど、除菌も兼ねた使い捨てのものが便利ですし、アルコールを含《ふく》ませたティッシュペーパーでふきとってもよいでしょう。

また、月に一度のペースで拭《ふ》き掃除をしているのが冷蔵庫。

これは食品の点検も兼ねているので、中のものをすべて出してからアルコールで庫内のすみずみまで拭きます。そしてしまうときには、ひとつずつ食品の状態をチェックする。つくりおきのものなどで、危ないなと思ったものは潔《いさぎよ》く捨て、少しずつ残っているチーズやハムなどは、これを機会に使い切る。そして不足しているものは、買いものリストに入れておきます。

冷蔵庫に入れておけばひとまず安心、となりがちですが、とくに夏場は冷蔵庫の中の食品管理も慎重にしたいものです。

「こまめ掃除」は習慣にしてしまえば、大した労力はかかりません。

古着などを30センチ角ぐらいの大きさにカットした、使い捨てぞうきんをたくさん用意しておくと、その場でさっと汚れを落とすのに便利です。

水まわりや冷蔵庫がスッキリと片づいていれば、落ち着いて生活ができますし、何ごとも、ためこまずにすませておくというのは気持ちのよいものです。

25 住まいの建て替えは早めに手を打つ

年を重ねると億劫《おっくう》になること、無理がきかなくなること、できなくなることが増えてきます。それはごく自然なことなので、できなくなったことを数えるよりも、いまある能力を生かすようにしたいというのは、本書の中でもお伝えしています。

けれども、いまだからいえるのは、住まいについては早めに手を打っておいたほうがいいということです。

働き盛りの30代、40代のころ、私は仕事と家事で手いっぱいで家の建て替えのことまで考える余裕がありませんでした。そして、「家がダメになったら引っ越せばいい」「それまでここで暮らせばいいじゃないか」という夫の意見になんとなく同調して、建て替えのことは先延ばしにしていたのです。

ひとつには、夫が集めた膨大《ぼうだい》な数の本を整理するのが面倒であったというのも建て直しを躊躇《ちゅうちょ》する大きな理由で、年を重ねてからは別の理由が加わりました。

それは、ともに過ごしてきた庭の草や木との別れがつらくなってきたのです。前しか見えなかった若いころは、建て増しや改築のために草木が引き抜かれても、心が痛むほどではなく、それよりも台所が広くなることのほうがうれしかったのに。そうこうするうちに50代に入り、今後のことを考えはじめたころ、今度は重いものを動かすのが少々面倒になってきたのです。

そうして、すっかり家の建て替えの機会を逃してしまったいま、まだ体力も気力も残っていた50代のうちに、老後に安心して住める家を整えておくべきだったとつくづく思います。

無理のきくうちにしておきたいことはたくさんありますが、とくに50代までの方に私がお伝えしたいのは、住まいについては最優先させたいということ。この高齢化社会においては、50代は人生まだこれからです。残りの数十年の生活を快適にするためにも、家屋の件は後まわしにせずに考えたいものです。

ちなみに、亡き夫の残した膨大な蔵書は、のちに縁《えん》あって福井の春江《はるえ》図書館に寄贈させていただくことができました。退蔵してしまうのはつまらないし、多くの人に長く利用してもらいたいと願っていたので、うれしくもありほっとしております。

26 シンプルライフ、私の失敗

身のまわりのものをどんどん減らして、シンプルに暮らすというライフスタイルが、現在流行《はや》っているようです。

じつは私も30代のころ、夫とふたりでそのような生活にトライしたことがあります。ふだん使うものの数を最小限にし、しかも神経にさわらない程度のものを気楽に使えば家事の煩雑《はんざつ》さから解放され、仕事にもよい影響を与えるのではないだろうか。そんな考えもあったのですが、始めてすぐに、しまったと思いました。

どうせやるならと、モノを徹底的に排除し、食器類にいたっては汁物のカップは一人ひとつ、お皿も数枚だけに絞《しぼ》りこみました。カップはひとつですから、当然、緑茶からコーヒー、紅茶、そしてお味噌汁にいたるまで、汁物はすべてそれでいただくわけです。

これは非常に合理的ではありますが、夫も私も何か違うと感じました。

つまり、やっぱり淹《い》れたてのお茶は湯のみ茶碗で、お味噌汁はお椀《わん》でいただいたほうがおいしいし、落ち着く。カップひとつでは、どうにも味気ないのです。

また、気楽に使える食器だと、皿を重ねるときなどの取り扱いが乱暴になって、自分が好きなものだけを大切に使っていたときには立てなかった音が起きてくる。

そこで、また少しずつ食器を増やしていきました。

このときに学んだのは、モノは単なる道具ではないということ。家事をシンプルにしたり、部屋をすっきりとさせるうえでモノを処分することは、ある意味で理にかなっているのですが、極端にシンプルを追求すると生活そのものが味気なくなる。インテリア雑誌などに出ている、あまりにも整然とした生活感のない部屋を見ると、私などは、どこか興《きょう》ざめしてしまうのです。

モノを整理することは、自分の人生にとって何が大切かということを考える機会でもある。つまりモノは自己表現のひとつでもあるのです。

1年使っていないものはいらないもの、と問答無用に処分するのではなく、数を減らしていく中でも、「これだけはそばに置いておきたい」という自分なりのモノに対する価値観は捨ててはならないと感じます。

27 私が感動した贈りもの

ある朝、わが家に小さな包みが届きました。

なんだろうと開けてみると、中には和紙の便箋《びんせん》とそろいの封筒がセットで収まっています。そして、表書きには「快気祝」の文字が。とうに退院されている知人からのものでした。

人づてに退院したことは聞いていましたが、その後元気に過ごされているかと思い、あえて連絡もせずにいました。

ところが、しばらくは寝たり起きたりの生活だったようで、「そんな日々に区切りをつけたくて」という思いもこめた快気祝いだというメッセージが添えられていました。

病気見舞いは、早く病状が回復するように、何か協力できることをという気持ちを形にしたものであり、誰しもお返しなど期待していないと思いますが、この奥さまは自分の中でのけじめをつけたいという気持ちを込めての贈りものをなさった。そこに私は、何かすがすがしさのようなものを感じました。

しかも、贈りものに選んだものは相手に負担を与えず、それでいてあればうれしい便箋と封筒。そのセンスに私はいたく感動し、自分も何かの折にはこんな素敵な贈りものをしたいと思ったものです。

日本にはお歳暮、お中元といったしきたりがありますが、義理のつきあいをやめてしまった私は、お歳暮もお中元もなし。いただきものをしても、お返しはいたしません。

相手を思う心をモノに託して贈るのが本来の贈りものであり、相手の気持ちにそったものでなければ「よい贈りもの」にはならない場合が多いのです。

そういう意味では、近ごろの若い人が結婚祝いを受けとる際に、「好みに合わないものをもらうなら、現金のほうがいい」というのも一理あるなと感じます。

もっとも、私はすでに「隠居《いんきょ》宣言」をした身ですが、もう少し若い方たちの中にはお中元やお歳暮を贈る必要のある方もいらっしゃるでしょう。

　その場合、奇をてらったものよりも、昔からある定番のお醤油《しょうゆ》や油、石けんなど、型どおりのものがよいでしょう。これらは生活必需品で、無駄になることもありません。ただし、ふだん使いのものよりも多少品質のよいものを選ぶのがポイントです。

28 家事を楽しくする「なぜ？」

栄養学校に通っていたころのことで、いまでもよく覚えているのが、料理の時間に牡蠣《かき》フライのつくり方を教わったことです。

「牡蠣フライにパン粉をつけるときは、押さえるのではなく、手の上で転がしながら」と先生から習い、さっそく家でつくってみました。

フライは大好きでしたが、自分でつくったことなどありません。教わったとおりにやってみると、はじめてなのにふわっとおいしく揚がったのです。それが楽しくて、以来よく牡蠣フライをつくるようになりました。

おいしい、おもしろいと感じること。これが料理の腕を上げる第一歩です。そして、料理を盛りつける器《うつわ》ひとつとっても、冷たいものをより涼しげに見せるものはどれか、温《あたた》かい汁物はどのお椀でいただくのがいちばんおいしいかなどを考えることが、暮らしにうるおいを与えてくれます。

私は新茶の季節になると、いつもとは違うまっ白な朝顔形の湯のみ茶碗で色香を楽しみながらゆっくりとお茶をいただきます。

家事全般に通じることですが、昨日、今日、明日とただ同じことを繰り返し行うのと、何かを感じたり、考えたりしながら行う家事では、その中身の濃さがまったく違ってきます。

たとえば、洗濯物をまとめて放りこんでおけば、洗濯からすすぎ、脱水までをやってくれる全自動洗濯機。最近はそのままさらに乾燥までしてくれる洗濯機もありますが、私は使っていません。

大容量の洗濯機に、何もかも一緒に入れて洗えば手間はかかりませんが、夫の黒い靴下に白い糸くずがつき、子どものセーターはおへそが出るほど縮んでしまうということにもなりかねません。

洗濯を手洗いでしていた時代は、まず白いものから洗って、色物はあとまわし、汚れのひどいものはしばらく水に浸して、下洗いをしてからという手順を踏んだものです。

また、色柄物のシャツなどを外に干すときには、裏返して紫外線による色あせを防ぐといったことは、誰から教えられるともなく、母親がしているのを見て育った子どもが、代々受け継いできた生活の知恵といえるでしょう。

実は家庭をもつまでの私は、さっぱり家事に興味がありませんでした。しなければならなくなってやり出したから、「さて、どうしようか」と工夫の必要が生まれてきたわけです。

掃除も決して好きな家事だとはいえませんが、自分が汚れの中で暮らすのが嫌《いや》だから好き嫌いなど考えずにしているという具合。ただし、なるべく気軽にできるように工夫はしています。

古いワイシャツと古いスラックスをつけて三角巾《さんかくきん》というのが私の掃除ルック。庭掃除をするときは、これに長ぐつ、手袋、古帽子が加わります。どれも捨てる前の利用なので汚れも気になりません。掃除用の道具や洗剤も、すぐ出せるところに用意しておく。これが私の掃除切り抜け法です。

何も考えずに漠然と行う家事は作業にすぎません。そこに「なぜ?」という考え方がなければ、いつまでたっても家事は繰り返しにすぎず、自分の創造力が加わらなければ毎日の家事はおもしろくもないでしょう。創意工夫は家事を楽しくし、脳の活性化にもつながります。

そういえば、畳《たたみ》にインクをこぼしてしまったとき、あわてて濡《ぬ》れぞうきんで拭き取ろうとした私に、「塩をもってらっしゃい」と教えてくれたのは姑《しゅうとめ》でした。ふりかけた塩にインクがみるみる吸い取られ、インクの色に染まった塩を取り除いたあとで水拭きをすると、ほとんどシミを残すことなく色素が取れ、続けて酢で拭きとるときれいになりました。

いまはいろいろな用途ごとに洗剤が出ていますが、こうした生活の知恵や技術は誰にも奪われることのない一生の財産。身につけておくと何かと心強いものです。

29

味がマンネリ化しないひと工夫

市販のめんつゆを冷蔵庫に常備している家庭は多いのではないでしょうか。

急いでいるときにも、わざわざだしをとらずに味つけができるのがこの調味料のありがたいところで、一本備えておけば、そうめんやうどんを食べるときはもちろん、煮物、鍋物《なべもの》、天つゆなど、何にでも使えて便利です。

かつて知人の家におじゃまして、そこの奥さまがそうめんをつくってくださった際に、インスタントのめんつゆが出てきたときにはびっくりしましたが、その後、香川県の醤油メーカーから出ているめんつゆを試してみたら、なかなかいいお味。いまでは私も冷蔵庫にめんつゆをストックして愛用しています。

ただし、便利だからといって何にでもこのめんつゆを使っていると、すべての料理が同じような味になってしまいます。

だから、私は料理によっては水で薄めてから、お醤油やみりんを加えて、味に変化をつけています。

また、だしの素も便利な調味料ではありますが、これも使い方にひと工夫がほしいところ。だしの素は煮物や味噌汁などには比較的合いますが、おすましなど繊細《せんさい》な味を出したいときには、やはりきちんとだしをとったほうがいい。

便利な調味料を上手に使いこなすコツは、料理によって味を加減したり、またこの料理には使わないという線引きをすることです。

こうしたひと工夫、ひとひねりを加えることで、味がマンネリ化しやすい調味料でもわが家の味を生みだすことができ、また料理の幅も広がるというものです。

30 お気に入りは「純白のさらしもめん」

毎日のように台所で使うふきん。これればかりは使い勝手のよいものに限ると、さまざまなタイプのふきんを使ってきた経験から思います。

一例をあげると、おしぼりタオル、麻のふきん、メッシュのもの、そして赤ちゃんのおむつ用につくられた大判ガーゼの二枚重ねやあや織りの四角い布など。さらに、花もようのついたものや、野菜やくだものをプリントしたカラフルなふきんも試しました。

けれども、ふきんは台所にかけておくのが目的ではなく、器をふくだけのものでもありません。蒸《む》し器にかけたり、タマネギのみじん切りやネギをさらしたり、魚などの水気を取ったり、もみのりをつくるときにもわが家では使います。

ですから、かさばらずに小まわりがきき、手になじむうえに丈夫で洗濯も楽なものに限るというのが、試行錯誤を繰り返した末の私なりの結論なのです。

そして、最終的に何が残ったか。それは、純白のさらしもめんです。

先ほどあげたような、さまざまな用途でいずれもストレスなく使うことができ、しかも経済的。さらしは一反《たん》数百円くらいから売られています。これで30センチほどの長さのふきんならゆうに20枚はとれる。この値段なら漂白も煮洗いも気軽にできますし、しかもふきんには安いさらしのほうが使いやすいのです。

一反のさらしから、大小さまざまなふきんをつくることができますし、私の姪《めい》の家では、３人家族でさらし一反でとるふきんが2年はもつといいます。

料理用には30センチ角が使いやすく、食器ふき用には丈が45〜50センチぐらいのものがよいようで、この長さはひとり用の食卓マットにもなります。

それにしても、あらゆるふきんを使ってみて、自分の生活スタイルと好みにぴたりと合ったものが、昔ながらのさらしもめんであったということがどこかおもしろく感じられ、これで家事のストレスもひとつ減りました。

たかがふきんかもしれませんが、わずかな出費でこんなにも豊かな気持ちが味わえるのですから、お気に入りを探し求めるのなら、とことん試してみるものだと思ったものです。

31
一日の予定と「こまぎれ時間」利用術

私には長年続けてきたことがあります。それは、朝起きたらその日の予定を綿密にメモするということ。

現在は自由に使える時間がたっぷりとあるので、ある程度その日の気分や体調に合わせて予定を変更することもできますが、仕事をもちながらひとりで家事や介護をしていた60代までは、自分が倒れたら家庭は崩壊すると思っていましたから、毎日が必死でした。

それでも、やるべきことをきちんとすませ、自分自身も充実した日々を送るために、今日一日の予定を細かく紙に書き連ねていたのです。

本日の予定表をつくることによる最大の利点は、「さて、次は何をしようか？」と迷うことがなくなること。

やるべきことを文字にして並べ、その手順まで考えておくことで、物事を淡々と進めることができて無駄がなくなる。すなわち時間を有効に使うことができるのです。

そうはいっても、もちろん計画どおりに物事が運ばないこともあります。

そんなときに臨機応変に対応できるよう、短時間でできることを頭の中に入れておくのです。

たとえば、出かけるまでに10分の余裕があれば、ハンカチを手洗いして干しておく。20分時間がとれたら、キッチンの引きだしの整理。来客を待つ間の15分で洗濯物をたたんでしまうという具合に。まとまった時間がとれなくても、こまぎれの時間を見つけて、その範囲内でできる家事を組みこんでいけば、けっこういろいろなことができるものです。働き盛りというころのことですが。

こうして自分で時間の切り盛りをして一日を過ごすことによって、時間に流されるわけでも過度に追い立てられるわけでもなく、どうにか嵐のような日々を乗り切ることができました。そして、時間を有効に使うということは、精神的な充足感にもつながるということも実感したのです。

32 便利さを求めるのもほどほどに

「近ごろのケータイは何でも記憶させておくことができるから、便利だよ」

いまだに携帯電話をもっていない私に、30歳も年下の姪がいいます。確かにそれは便利かもしれないけれど、便利さに慣れすぎるとその代償《だいしょう》があることも私は嫌というほど見てきています。

たとえば、自宅の電話によくかける相手の番号を登録している人は、出先で実家に電話をしようとしても番号が思い出せなくて困ったといいます。

また、「パソコンを使いだしたら、めっきり字を忘れてしまった」「炊飯器が故障したから鍋でご飯を炊《た》こうとしたら、加減がわからずまっ黒こげにしてしまった」という人もいるのです。

そういう話を聞くにつれ、便利さを求めすぎてしまうと人は考える機会をなくし、結果として自分が本来もっていた能力が失われていくということに、私は気づきはじめたのです。

若いころに、計算のための唯一の道具といえたそろばんを習っていたので、頭の中にそろばんを置いて三ケタの暗算などはササッとできたのに、計算機を使うようになってからは、簡単な暗算にも時間がかかるようになりました。

さらにいえば、家電製品はどんどん賢《かしこ》くなっており、たとえば掃除機なら、じゅうたんか畳かを機械が判別してモーターの強弱を変えてくれる。汚れた食器をきれいに洗いあげる食器洗い機も、いまや一般家庭にしっかりと浸透しています。

一分でも多く時間が欲しかった働き盛りのころの私は、暮らしを楽にしてくれる便利なものはどんどん取り入れて、自分でしなくてもいいものは機械にまかせてしまおうと、家事を省力化していました。

しかし、年齢を重ねて多少の時間がつくれるようになったいま、便利なものに上手に頼りつつも、自分を甘やかしすぎない、モノとのバランスのとれた使い方を考えることが大事なのではないかと思っています。

そんなわけで、携帯電話ももたずにきわめて昔ふうに生きている私ですが、何も携帯電話をもつことを拒否しているわけではありません。いまはいらないというだけの話であって、もし必要だと思ったらすぐにでも手にするでしょう。

それくらいの距離感で、便利なものとうまくつきあっていければと思っています。

33 捨てられない人の整理術

年を経るにつれて、一般に持ちものは増えていく傾向にあります。たとえばある家庭で子どもが生まれれば、育児用品に始まり、その子どもが成長する過程でもさまざまなものが必要となります。

また、何かのときに役立つかもしれないと購入するものや、愛着をおぼえて処理ができなくなったもの、記念の品など、人が何十年と生きていれば、モノの数が増えていくのは当然なのかもしれません。

３人家族であった私の家庭でも、姑と夫を見送ったあと、残された故人の身のまわり品の大部分は処分したものの、本人がとくに大切にしていたものなどはつい手元に残しておきたいという気になりました。

家を片づけるうえで、いま使わないものは不用品だと割り切ってしまえればどんなに気持ちが楽になるだろうか。そう思わなくもありませんが、そこまで潔くモノを捨てられないのは、私の生まれ育った時代とも関係しているのかもしれません。

私のような年齢の者は、戦前の質素《しっそ》な生活の中で育ち、戦時中はモノ不足に苦労してきた世代。やがて消費は美徳などといわれる時代が到来し、新しい家電製品が出ればどんどん買い換えていくという生活も経験しましたが、やはりモノは最後まで丁寧《ていねい》に使い切りたいという気持ちのほうが勝《まさ》っていました。

つまり、私にとってまだ使えるものをポイッと捨てることは、モノを長く保管しておくことよりもずっとむずかしいのです。


ひとくちに家の整理といっても、その方法はいろいろです。肝心なのは、同じことの繰り返しにならないように、自分の性格をよく考えてから整理を始めること。つまり、整理以前の問題解決が必要なのです。

不精《ぶしょう》で何でもそのへんに散らかしてしまう人は、モノごとの置き場所をつくって、使ったらそこに戻しておく習慣をつける。逆になんでもしまいこむ人は、いざ欲しいときにどこに何を入れたかわからなくなる傾向があるので、箱などに収納したものを表示する習慣をつけるようにします。

そのどちらでもないけれど、モノがいつの間にかたまってしまうという人は、思い切りをつける限界点を設定するとよいでしょう。

私の例でいうと、あるときからモノを整理するうえでこんな取り決めをしました。押し入れの1/4のスペースを確保して、そこにまだ使えるかもしれない、いつか役立つかもしれないが、当面は出しておく必要のないといったものを収めておくのです。

この未整理コーナーがいっぱいになったら、洗いだしをして、「こんなもの、しまっていたかしら」と忘れていたものや、奥のほうで眠っていてまったく触れることのなかったものなどを思い切って捨てるなり、ちり紙交換に出すなどして整理していきます。

簡単にモノを捨てることができない私のような人間には、この「とりあえず」のスペースがワンクッションとなって、捨てる心苦しさを和《やわ》らげてくれるのです。

また、「あると便利だから」「これもほしい」と、つい手が出てしまう欲望をうまく整理し、「量より質」の精神で必要なもの以外はむやみに家にもちこまないということも、家をすっきりさせるうえで肝心です。

34 後まわしにしてよいものもある

新しい年を迎えるにあたり、一家総出で大掃除をするのは、昔からの日本の年中行事のひとつでした。

ところが、私も働き盛りを迎え、明治生まれの姑と夫と暮らす家族の中で年の瀬を迎えると、それはもう「一日が30時間だったら」と叫びたくなる日々でありました。とても大掃除のためのまとまった時間などつくれません。

そんな中で、私がひねりだしたのが「小出しの大掃除」。

これは秋が深くなったころから、正月を迎えるための家事を小出しに行っていくというものです。たとえば食器棚の掃除にしても、一度に棚から食器を出すと大ごとになるので、ふだんの食事の後片づけを終えたわずかな時間を割《さ》いて、食器棚の一段だけ、食器を出してアルコールをつけたティッシュで拭き、棚に敷く紙を取り替えておく。こういった小さな掃除を積み重ねることで、いつの間にか食器棚全体がきれいになっているという算段です。

しかしそのうちに、そんなに頑張ってすべての家事を年内に終わらせなくてもよいのではないかと考えるようになったのです。

ただでさえ慌《あわ》ただしい師走《しわす》。無理をしすぎて、自分が倒れてしまっては仕方がありません。具体的にいえば、年末の家事は、年内に間に合わせなければならないことと、丁寧にしなければならないことに分けて、後まわしにしてもよいものは年が改まってから丁寧にする。家族みんなが健康で機嫌《きげん》よく暮らすためにも、年末の家事はできる範囲で行えばよいのではないかということです。

働き盛りのころは、しなければならないことに対して圧倒的に時間が足りなかった。かたや夫と姑を見送ったいまの私は、時間はできたけれども体力がついていかない。幸い現在の生活では大掃除を怠《なま》けてもなんの支障もありませんが、やはり新しい年をきれいな家で迎えたいという気持ちがしみついているようで、できる範囲での大掃除は続けています。

年をとってたとえ時間がかかっても、できることはやらなければダメだと思う。一度楽を覚えてしまうと、無限にそちらに傾いてしまいますから。

35 料理が楽しくなる秘訣は「つくりおき」

いざ今晩のおかずをつくろうとして、材料の調達や下ごしらえなど、意外と手間や時間がかかることに気づき、「いっそ出来合いのものを買ってきたほうがいいんじゃないか」と、料理を断念してしまうこともあるでしょう。

さっと手早く料理にとりかかることができ、それでいて食卓をある程度にぎやかにすることができれば、料理は楽しくなるはずです。

そのためには、「つくりおき」を上手に活用することです。

たとえば私が冷蔵庫に常備しているものといえば、合わせ酢。キュウリを刻《きざ》んで合わせ酢で和《あ》えれば、あっという間にキュウリの酢の物ができあがりますし、私の大好物であるもずく酢は、外で食べると酢が強すぎるので自分の口に合う合わせ酢をつくって冷蔵庫に置いてあります。

また、合わせ酢にあたりゴマを入れてとけばゴマ酢になり、いろいろな野菜と和えることで、ちょっとしたおかずになります。

ちなみに私が使っているのはごくふつうのお酢で、鍋に酢、みりん、だし汁を各カップ1、そして粗塩《あらじお》小さじ2を入れて、ひと煮立ちしたら合わせ酢のできあがり。冷まして容器に入れて冷蔵庫で保存します。

粗塩ではなく精製塩を使うなら塩は小さじ1/2に、三杯酢にしたければ砂糖大さじ2を加えてください。


私は柿とコンニャクの白和えが好物なのですが、これも一度につくろうと思うと億劫になってしまうメニューかもしれません。

白和えを楽につくるポイントは、前もって和え衣《ごろも》だけをつくって冷蔵庫で保存し、時間のあるときにコンニャクを煮ておくことです。

そうすれば、あとはいい柿を見つけたときに買ってきて、さっとつくることができます。

和え衣は長持ちしませんから、あまりたくさんのつくりおきをすることはないと思いますが、「そろそろ○○が食べたいな」と思ったら、少しずつ段取りを整えておくのが料理を楽しく簡単にするコツです。

私の場合、たいていは「さあ、料理をしよう」と改まるのではなく、食べたいから冷蔵庫を開けてごく自然につくりはじめるという感じでしょうか。

料理に対して気負いがない分、負担にもならないのです。

4

36
やわらかい表情で生きられるように

実際に会ったことはなく、何年も前にテレビの画面を通して見ただけなのですが、私には忘れられないひとりの女性の顔があります。

かつて土曜日の朝にＮＨＫで放映されていた「新日本探訪」という紀行番組。その日は山形県の温海《あつみ》町（現・鶴岡市）を取りあげていました。

この地は、いつか訪れてみたいと思っていたこともあり、最初は町の風景や人々の暮らしぶりを興味深く見ていたのですが、しだいにその番組の中心人物となっているひとりの女性に私の心は惹《ひ》かれていきました。

その人物とは、ちょうど私と同じ年齢の行商《ぎょうしょう》のおばあさん。

地元で荷揚げされる海の幸を仕入れて、町のなじみの人や近隣の村に売り歩くという生活を40年以上続けているということでした。おばあさんが行商を始めたきっかけになったのは、７人の子どもを人並みに食べさせてやりたいという思いからだったといいます。

兵役《へいえき》にとられた夫を、帰るか帰らぬかもわからぬまま待ち続けてやがて敗戦。夫は自分のもとへ帰ってきて、子どもを7人もうけたものの生活は決して楽ではない。そこで、家計を助けるために、自ら行商を始めて今日まで現役《げんえき》で続けているという。その背景もさることながら、私はいつしかそのおばあさんの表情にぐいぐいと引きこまれていきました。

40年以上にわたって、家族を支えるためにひたすら働き続けてきたおばあさん。数え切れない苦労もあっただろうし、それを乗り越えてきたという誇《ほこ》りも当然、もってしかるべきです。ふつうは、そういうものが表情ににじみ出てくるものなのに、そのおばあさんにはそれがなかった。

ほとんど動きのないその顔には、家のため、子どものために働き通したという気負いは見えず、何か無心に生きているようなさわやかさがあるのでした。そこに私は惹かれていったように思います。

番組の最後におばあさんがはじめて自分のことを語りました。

「私は幸せだ。これ以上になったらこぼれる」

その言葉を語るおばあさんの表情のおだやかなこと。顔はその人の履歴書だといわれますが、年を重ねるほど生きざまがはっきりと顔に出てくるのだと感じます。

年をとると、ただでさえ表情が暗くなりやすい。そこに恨《うら》みや我慢、見栄《みえ》など、満たされない思いが加わると、人を寄せつけないような険《けわ》しい顔になってしまうことがあります。

老いてますますやわらかい、おだやかな表情になれるよう、自分の顔に責任をもつという気持ちで年を重ねていきたいものです。

37 「夫亡きあとの生活」も想定して生きる

「僕よりも一日でもあとに残れ。それが至上命令だ」

亡き夫はよく冗談のように私にこういっていました。男性には妻に看取《みと》られて先に逝く、またはそうありたいと思っている人が多いようです。現に平均寿命は女性のほうが長く、80代で妻がいる男性はたくさんいますが、80代の女性の多くは夫のいない暮らしをしています。

ですから、女性の場合はとくに、夫が亡くなってひとりになったときのための心の準備というものが必要になってきます。

かつて読んだ、大切な伴侶《はんりょ》を失ったショックからどう立ち直るかをテーマにした本の中で、心理学の先生がこう唱《とな》えていました。

どんなに仲のいい夫婦でも、いつかは伴侶とお別れする日が来る。だから、自分のライフサイクルの中につれあいとの別れを組みこんで生きるようにと。さらには、結婚したときから夫も妻も相手が先に逝くことを考えて生活設計を立てるべきだと。

私にはそういう考え方がまったくなかったので、深くうなずかされました。

しかし、いわれてみればまさにそのとおりで、年老いることもつれあいといつかは別れることも決まっていること。だからこそ、そのときを淡々と迎えられるような生き方をすることが大事であり、終わりがあるからこそ、夫婦での暮らしをいかに充実させようかと考える気にもなるのではないでしょうか。

具体的にはまだ元気な50代のうちに、お互いにひとりになってもみじめにならないように作戦を立てておくといい。終末期医療や葬儀に対する考え、持ちものを誰に譲《ゆず》るかなどを話しあっておくと、いざというときにうろたえずにすみます。

また、夫がいないと、あるいは妻がいないと何もできないという状態にならないよう、夫は料理や家事に、妻は電球の取り替えやちょっとした修理などのいわゆる男仕事にも慣れておくとよいでしょう。

肝心なのは、「縁起《えんぎ》でもない」「まだ早い」などと先送りにせず、現実のこととして早めに話しあいをすることです。残される者を思いやる気持ちがある円満な夫婦なら、そんな話も湿っぽくならずに明るくできることでしょう。

38 明るい色を着ると気分がはずむ

「派手なものを身につけるのは、きれいな人のすること」

子どものころ母からそう言い聞かされていたせいか、いまでも服を買うとなると黒やグレーのものについ手が出てしまいます。

あるとき、たまたま淡いベージュ色のセーターを着ていた私を見かけた姪《めい》に、こんなことをいわれました。「ああいう明るい色のほうが、顔がぱっと明るく見えるよ」

いわれてみれば、年齢とともに肌はくすんでツヤを失い、表情も暗くなってしまいがちです。そこへ黒やグレーといった色をもってきてしまうと、さらに年寄りじみてしまうことにもなりかねない。明るい色の服を着たほうが、顔がいきいきとして見えるというのは真実かもしれません。

私の知人で10年間にわたる父親の介護を終えてひとりきりになった女性がいます。母親を早くに亡くし、同居していた父親が倒れてからは勤めをやめて、結婚もせずに介護に専念してきましたが、その父親も亡くなってしまった。すると、とたんに気が抜けて、しばらくは放心状態になってしまったそうです。

ふと鏡を見ると、そこにはシミが増えて、くすんだ顔色をした自分の姿が映っていた。これではいけないと思ったその女性は、「そうだ、おしゃれをしよう」と思い立ち、まず美容院へ出かけ、さらに化粧品を買って久しぶりにファンデーションをつけてみた。そうして明るい色のセーターを買って身につけたら、気分もはずんできたといいます。

また、たまたま同窓会の知らせが来ていたため、さっそく出席の返事を出し、久しぶりに人の中に出ていく気持ちになったともいいます。

私にも着るものにかまっていられない時期がありました。またいまでも、いくら明るい服がいいといわれても、長年の習慣からまだどこか手を出すのに躊躇《ちゅうちょ》してしまう気持ちがあるのも正直なところです。

しかし、これから新しいスタートを切ろう、気持ちを切り替えようというときには、まず自分の身辺を明るくしてみるというのも、ひとつの有効な方法だと思います。

39 「家庭内孤立」に直面したら

家族の中にいながら、ふと孤独な自分を感じて言いようのないもの悲しさにおそわれる。子どもに手がかからなくなったころ、そんな思いを経験する主婦は少なくないようです。

結婚してからというもの、夫のため、子どものためにと、家庭のことを最優先に考え、妻として母として無我夢中で家の中のことをこなしてきた。自分がいなければ家庭の中は回らないと思っていたのに、あるときから子どもたちは母の手の届かないところへ行ってしまい、夫は夫で自分の好きなことに熱中していて、自分はポツンと蚊《か》帳《や》の外にいる。

そんな現実に直面したときに女性は、「自分はいったい何者なのか」「家庭内で重宝《ちょうほう》される存在ではあるけれど、一人の人間として夫とも子どもとも心を開いてぶつかりあえていないのではないか」と不安になってしまうのでしょう。

そのもの悲しさは、独身で暮らしてきた女性が中年以降もその覚悟をもって生きる孤独感よりもはるかに切ないものだと思います。

もっとも、家庭のことだけにかかりきりで、それ以外の時間をほとんどもてないという主婦は、ずいぶん少なくなってきているとは思いますが、それでも中高年期の家庭内における孤独感というのは、多くの女性が直面し、悩んでいるようです。

この「家庭内孤立」を回避するひとつの方法として、比較的すぐに思いつくのが、家庭の外に目を向けるということです。すなわち、外に出て働く、友人と食事を楽しむなど家庭以外の場所で、自分の存在意義を確認するというものです。

現に新聞や雑誌を見ると、月に数回働くだけでこれだけの収入が得られるといった求人から、資格、習いごとまで、主婦層をターゲットにした広告がずらりと並んでいます。

それらは一見、理にかなっているようですが、たとえば外に出て働くことを知った主婦は、それ自体が生きがいのように感じてしまうでしょう。それを否定するつもりはありませんが、モノや相手がなければ得られない生きがいは、それがなくなったときに尽きてしまうのです。

では、誰にも奪われることのない生きがいを見つけるにはどうすればよいか。

それは、外ではなく自分の内側に本気で目を向けることです。たとえ家庭の中にいても、家族と過ごす時間以外に、一生を通じて自分ひとりで楽しめる何かをもつこと。

これが、心と体を健《すこ》やかに保ってくれます。

また、将来家族と離れてひとりで生きていくことになっても、生きがいという軸《じく》が人生の心強い支えとなってくれることでしょう。

40

家じゅうの鏡で「無意識の自分」をチェック

年を重ねて顔に活気がなくなり、さらに背中を丸めて無表情でいるとひどく老《ふ》けた印象になることがあります。ましてや私のように、華《はな》やかな装いをするとどうも落ち着かないという人間は、せめて姿勢には気をつけなければ、と自分に言い聞かせてきました。

年をとることを悲観はしませんが、私は年寄りじみた姿で歩くのだけは嫌《いや》だと思っているので、外出時にはショーウィンドウに映る自分の姿をチェックしたりします。そういうときは、意識をしているので腰も伸びていますが、怖いのは他のことに気をとられているときです。

とくに家にひとりでいるときは緊張感が欠けやすく、楽な服装で姿勢もゆるんでしまうのでしょう。外出先で意識して自分の姿を見るのと、疲れて帰ってきてたまたま家の鏡に映った、背中を丸めた自分では、10歳くらい違って見えることもあります。

女性の場合、髪をブラッシングしたり化粧をしたりするときなど、上半身を鏡に映して見る機会は多いと思いますが、ある程度の年齢になると、全身を鏡でチェックすることは少なくなるのではないでしょうか。どこかで自分の全身を直視したくないという意識も働いているのかもしれません。

だから私は、あえて家の中のあちこちに、姿見や顔だけが見える鏡を置いているのです。そうすれば、部屋を歩いているときや掃除をしているときなど、何かをしているときの無意識の自分を見ることができる。

ときには見られたものじゃないと思う疲れた自分の顔に出会うこともあり、鏡というのはある意味で残酷ですが、これが現実の姿だと思えば自然に背筋も伸びるというものです。

別に自分を若く見せたいわけではありませんが、どうせならピンと背中の伸びた、健康的な姿の自分でいたい。家にいても心と体にほどよい緊張感を与えてくれるのが、あちこちに配置された鏡なのです。

41

「踏みこまない」近所づきあい

以前、うっかり自動ロック式の自宅の玄関ドアを閉めて、庭にふらりと出てしまったことがあります。まだ肌寒い早春のことで、上着も羽織っていないし、お金も一円もありません。

わが家の合鍵《あいかぎ》をもっているのは、ひと駅離れたところに住む妹だけ。日も暮れて心細くなり、あわてて近所のなじみのお米屋さんにかけこみました。

事情を話し、妹に連絡するために電話を貸してほしいとお願いすると、ご主人はこういうのです。「妹さんの家なら知ってるから、鍵を取ってきてあげますよ」。そして、すぐにオートバイを飛ばして鍵をもってきてくださいました。いまでもこのときのことを思いだすと、感謝の気持ちでいっぱいになります。

ちなみにこのお米屋さんは私の家から歩いて2~3分のところにあり、宅配便も扱っています。送りたい荷物があるときは取りにきてくれますし、届いた荷物も留守なら預かっておいてくれる。もちろん、精米したてのおいしいお米をすぐに届けてくれるので、本当に助かっているのです。

もっとも、自分の家から締めだされるといったアクシデントは本来起きてほしくないものですが、いざというときに声をかけあうことができる地域に根づいた暮らしは、ひとり暮らしの年寄りにとってはことさら安心感をもたらしてくれます。

ただし、いくら年寄りのひとり暮らしだからといって近所の人に甘えてばかりではいけません。

わが町内では、資源ゴミの分別収集の箱を、当番の人が出して片づけることになっています。ご近所の方は私を気づかって「吉沢さんのところは飛ばしますよ」といってくださるのですが、私はその言葉に甘えることなく自分も参加するようにしています。どうしても体力的にできなくなったら、そのときはご好意に甘えようと。

近所づきあいは私にとって必要不可欠ですが、長くよい関係を続けていきたいからこそ、節度というものを大切にしなければならないと感じています。

近所づきあいに限らず人間関係そのものにもいえることですが、親しくつきあうことと踏みこむことは別のものです。

人との良好なおつきあいの基本は、「踏みこまない」こと。

隣の奥さんと鍵を預けあうほど仲よくしていたある女性。帰宅して家に帰ってみると、食卓の上にカボチャの煮つけが置いてあったといいます。どうも隣の奥さんがカボチャがおいしく煮えたのでおすそわけをしようと訪ねたら留守だったので、合鍵で家に入り戸棚から食器を取りだして盛りつけて帰ったのだとか。

その女性はすぐさま預けていた鍵を返してもらい、以来、お隣とは絶交状態にあるといいます。

どんなに親しくても、決して踏みこんではいけない領域というものがあるということです。

42
毎朝、自分のために口紅を塗る

誰にも見られていないひとりの生活に慣れ切ってしまうと、ときに自分でもびっくりするような行動をとってしまうことがあります。

家族と一緒に暮らしているときには決してしなかったのに、ひとりだと当たり前のようにしていること。私にとってそれは、足を使うことです。

くずかごの位置をちょっと直したり、玄関で乱れている靴《くつ》を揃《そろ》えるときなどに、かがむのが億劫《おっくう》になって、つい足が出てしまう。

自分で気づいているうちはいいのですが、かつては嫌っていたそういう行儀の悪い姿に何も感じなくなり、自分を甘やかしてしまうのはとても怖いと感じます。

清潔、不潔ということでいうと、何も汚《よご》れていることだけが不潔なのではなく、身のこなしやふとした動作が他人の目に不快に映るのも、不潔感につながるのではないでしょうか。

家族がいたころは、鏡を見る時間も惜《お》しんで家の中を動きまわっていましたが、少し時間ができたいまは、自分のことを少しはかまうようにしようと心がけています。

私は朝起きてから入浴するのを習慣にしています。

そしてお風呂から上がると、髪の毛をブラッシングして口紅を塗るのです。これは年齢を重ねて顔に活気がなくなってきたと感じてから、朝の行事にしました。口紅を差すことで、鏡の中の自分が少しは元気に見えるのです。

体も衣類も常《つね》に清潔にしておくことは、比較的早くから気をつかってきましたが、これは自分のためというよりも、人に不快感を与えないようにというエチケットとしての思いが強かった。

しかし、口紅は自分のために塗っています。一日のスタートを元気な顔で迎えたい。そんな思いで私がささやかながら行っている、目立たない化粧なのです。

43 ひとりで行動する訓練が大事

「いつかはスペインを旅してみたい」「芝居を観に行きたい」などと、しきりにいいながら、ひとりではそういったところへ出かけられない高齢の女性が、私のまわりにはたくさんいます。

体は元気でもひとりで行動する勇気がないのです。もっとも、年をとってから急にひとりで行動しろといわれても、なかなかむずかしいもの。もう少し若いうちから、ひとりで行動する訓練をしておくべきで、そうすれば行動範囲がぐっと広がって、その分、老後の暮らしも楽しいものとなります。

私の知人で、「この方、ひとりになったらどうなるのだろう」とこちらが心配したくなるような、どこか頼りない女性がいました。

彼女はスキーが好きだったのですが、おつれあいが亡くなり、スキーを思う存分楽しむようになったら、いきいきとして若返り、すっかり周囲を驚かせています。

やりたいことがあり、それをひとりでできる女性が、いかに強くいきいきとしていることか。彼女はそれを体現していました。

40代、50代ぐらいまでの女性なら、家族の世話や仕事で忙しくて、自分の時間がとれないということもあるかもしれません。けれども家族が眠りについたあとの1時間だけでもいい。ひとりで静かに過ごす時間がとれれば、それは自分をたがやす貴重なひとときになることでしょう。

ひとりの時間をつくれないことを、仕事や家族のせいにしてはダメ。行き詰まりを感じたときこそ、ひとりになれる時間をつくってとことん自分と向きあわなければ。そうして、とことん考え抜いて自ら行動を起こしてこそ自分らしく生きることができるのです。

私は以前、老後の楽しみとして本を買いだめしていました。ただ、何か体を動かすものも「やることリスト」の中に加えておくといいですね。

散歩でも庭いじりでもいい。家でじっとしているよりも体を動かしているほうが気も晴れますし、健康のためにもなりますから。

44 気持ちがくさくさする日は、いっそ外食に

結婚後も仕事を続ける女性がこれだけ増えても、いまだに夫の世話は妻がみるという見方が世間には根強くあるようです。

共働き夫婦の場合、とくに妻の負担になるのが夕食の準備ではないでしょうか。妻のほうが早く家に帰れる場合は、急いで夫の食事の支度をすればいいのかもしれませんが、夫が先に帰宅する日はどうするのでしょうか。何かできあいのものを買って帰り、残業で疲れて帰ってくる妻を迎えるという気に残念ながらならないのが、男というもののようです。

そこで、妻の残業が週に3回はあるという、結婚3年目の共働き夫婦の話。

最初のころは、妻が残業の日は食卓を整えて帰りを待っていた夫も、しだいにひとりで時間をつぶしがてら、駅前でお酒を飲んでから帰宅するようになったといいます。

妻はおかずになるものを買って、慌《あわ》てて家に帰って夕食の準備にとりかかろうとす

るも夫がいない。夫を待つ間に空腹でイライラしはじめてスナック菓子などをつまみ食いしてしまい、ようやくふたり揃ったときには食欲がなくなっている。

こんなことでは、先行きが不安だというのです。

健康のためにも食事のことだけはいいかげんに考えてほしくないと、私はつねづね思っています。とくに働くミセスにとって、健康という財産の大切さはいうまでもありません。あまり疲れているときや、気が立って仕方のない日などは、慌ててスーパーに駆けこんで、無理して夕食の準備をするよりも、いっそのこと夫を誘ってパッと外食をするのもよいでしょう。

私たち夫婦には、家の近くにときどき夕食を食べに行く小料理屋がありました。何度か足を運ぶうちに店の女主人と親しくなると、「今日は精進揚《しょうじんあ》げを食べたいんだけど」などと電話を入れて、メニューにないものをつくってもらったりもしていました。

このお店があったから、仕事でどうしても夕食までに帰れないときも、私はあたふたせずにすんだのです。なぜならば、夫はその店で食事をすることができたから。こういうなじみのお店を家の近くにもっておくと、働く女性にとっては心強いものです。

お互いに、空腹を満たすものを適当につまんで相手を待っていても、気持ちもさっぱりしないでしょうし、少しばかりの感情の行き違いで食事づくりの意欲を失うことにもなりかねません。

夫婦揃って健康で長く仕事を続けるためにも、やはり食生活への配慮は忘れてはならないと思います。

45

家庭とは別の世界に身を置くことも

振り返れば、私にとっていちばん忙しい時期は50代でした。口うるさい夫がいて、姑《しゅうとめ》も同居している。そのふたりを黙らせて、なおかつ仕事をしていたわけです。

「一日が30時間あればいいのに！」と何度思ったことでしょう。

たとえ地方に出張が入っても、必ずその日じゅうに帰ってきて夕食の支度をし、ときには仕事から帰って、帽子を取る間もなく台所に立つなんてこともありました。

自分が倒れたらこの家はおしまいだという思いがあったので、当時はずいぶん気を張って生きていたのだと思います。でも、それでは身がもたないと本能的に思ったのでしょうか、ときどき家庭とは別の世界に自分の身を置くということをしました。

たとえばあるときは、仕事という口実で東京駅から鈍行《どんこう》列車に乗り、車窓に広がる海を眺《なが》めながら熱海まで行き、帰りは急行で戻ってきました。旅行気分を味わいたいときには、旅人たちでにぎわう小田急ロマンスカーに乗るのがいいのです。

最初は家族にうしろめたい気持ちもありましたが、外に出て体を動かし、ひとりの時間をもつことによって自分がイライラせずにすみ、結果的に家族にもやさしくなれることに気づいたのです。夫と夫婦喧嘩《げんか》をしなくてすんだのも、こうして自分をあやすことができたからかもしれません。

そして50代といえば更年期《こうねんき》障害が現れるころ。

ひどい人だと寝込むほどだと聞いていたので、自分はどうなるかと不安でしたが、私の場合は何ごともなかったように通りすぎました。

厳密にいえば、毎日が何かに夢中で更年期障害の症状に気づかなかったのかもしれません。いま思えば、タクシーに乗っていて、真冬なのにカーッとほてることが何度かありましたが、「あら、変だわ、風邪でもひくのかしら」と思った程度でした。

更年期障害の出方には個人差があるようなので一概《いちがい》にはいえませんが、更年期障害ということにとらわれすぎず、繰り返される日常の中にも自分なりの楽しみを見いだして、何かに没頭したり外に出て体を動かす時間をもつというのも、症状を軽くするのには有効ではないかと思います。

46 ストールでドレスアップ

「着るものがないから」「同じものを着ていくのが嫌だから」という理由で、パーティなどの華やかな場に出るのを躊躇する人は多いようです。でも、ごくふつうの日本の女性が何着ものドレスをもっているほうが、むしろ不自然ではないかと私は感じます。

パーティなどに出席する機会の多い私の友人は、生地や色の違う3枚ほどのロングスカートと、いくつかのシンプルなブラウスを上手に工夫して着ています。

これらをベースに、お祝いの席であればアクセサリーやつけ襟《えり》をして華やかさを演出。また、お通夜のような席ならアクセサリーなしで、艶《つや》のない黒のブラウスに黒いスカートといった組み合わせで、職場からでもさっと着替えて出かけていく。

正式なファッションにガチガチにこだわらなくても、出席する場にふさわしい清潔感のある姿であれば、主催者に対して失礼にはならないということを彼女はよく心得ているのです。

私がかつて出席したパーティで印象に残っているのが、そこに集まった女性たちがパーティドレスに上手にストールを合わせている姿。気候も定まらないときで、背中や胸のあいたドレスではやや寒いかもしれないというためでもあるのでしょう。みなさんストールを思い思いにまとい、金糸が入ったものなどは、それ一枚でぐっと華やかさを増してくれます。

なかでも私の目に留《と》まったのは、背丈が低くてぽっちゃりとした人が、ストールのかけ方でうまく体型をカバーしていること。これには感心し、その体型ゆえにパーティドレスには無縁だと思っていた自分へのなぐさめになりました。

たとえ同じような服でも、スカーフやストールの巻き方ひとつでまったく違うドレスに見えることもありますし、そういう工夫をすることも装うことの楽しみではありませんか。

いまは大きさもデザインもさまざまなタイプのストールがあり、パーティに限らずバッグに一枚入れておくと何かと便利です。夏は冷房対策に、冬はシンプルなセーターの上にさっと巻くとおしゃれに見えます。また、季節の変わり目などに薄手のワンピースで出かけるときには、肩やひざに掛けられるストールがあると安心です。

ちなみに、着物も礼装用の服ももたずに暮らしている私は、結婚式に招かれたときにも、シンプルな絹のワンピースなどで出席します。ただし、私なりの思いを込めた礼装のつもりで、生花を胸につけるようにしているのです。

きらびやかにドレスアップした女性客の中で、私の格好は逆に目立っているかもしれませんが、自分なりに気のすむことをしているので、気おくれすることはありません。

5

47 自由ととるか、孤独ととるか

家族と暮らしていても自分は孤独だと感じる人もあれば、ひとり暮らしだけれどそれを孤独ととらえずに、誰にも束縛《そくばく》されることのない自由のすばらしさを謳歌《おうか》している人もいます。

つまり、孤独というのはそこにいる人数によって決まるものではなく、その人の心が決めるものだと思うのです。

ある日、バスに乗っていると60代くらいの女性ふたりが大きな声で会話をしていたので、つい話に引きこまれてしまいました。

どうやら、母ひとり娘ひとりで長年暮らしてきた片方の女性が、娘の結婚とともにひとりで暮らすことになり、生活のハリがなくなってしまったようなのです。

その女性の口から出てくるのは、「どうせひとりだもの」「きれいに掃除をしても、誰が見るわけでもないし」という後ろ向きな言葉ばかり。

一方の女性が「お金に不自由しているわけじゃないし時間もある。足腰だってまだ丈夫なんだから、もっと外に出なさいよ」などと声をかけても、「娘の成長だけが生きがいだったのに、結婚したらあの子、私よりもご亭主のほうが大事なんですもの。私、なんだか何もする気がなくなっちゃって」と肩を落としています。

もしかしたら、娘さんが出ていったあとの一時的なさびしさなのかもしれませんが、こういう状態が長引いて気力が落ちてくると、外に出るのも人と会うのも億劫《おっくう》になり、やがて体力が急速におとろえてくることがある。そういう例を私はたくさん見てきました。

ひとりであれば、誰に気兼《きが》ねをすることもないのだから、外出先で用をすませた帰りに映画を観て帰ってもいいわけですし、あの若さなら趣味を見つけてそれに没頭したり、ボランティアに参加することもできるでしょう。

また、ときどき親しい人を家に招けば、自然に家の中もきれいに片づけようという気になるはず。誰も見ないからとほこりのたまった部屋で暮らしていたら、ますます気持ちがみじめになってくるのではないでしょうか。

ひとりでいることを自由ととるか、孤独ととるか。まさにこのふたつは、隣りあわせだと思います。

だとしたら、自由を楽しんでしまったほうが、人生幸せではないだろうかと私は思います。

48 買いものは割高でも「少なめ」に

ティッシュペーパーや台所用品など、気づくとなくなっているようなものは、買い置きをしておくのが便利ですが、ひとり暮らしの場合、食品類の買いものだけは多少割高になっても、「少なめ」を心がけたほうがよいと感じます。

たとえば野菜にしても、大根やキャベツ、カボチャなどを丸ごと買うと、食べ切れなくて無駄にすることが多く、調味料もお徳用の大きなサイズのものは賞味期限内に使い切れなかったということにもなりかねません。

最近は野菜も半分、1/4という単位で切り売りをしていたり、ジャガイモやタマネギも1個ずつ買うことができます。

また、卵も6個入りの小さいパックのほうが私などにはちょうどいい。このような少量のものを、そのつど使い切っていくほうが結果的には経済的だともいえるのです。

さらに私が少なめの買いものを心がけているのには、こんな理由もあります。

かつてご近所の同年代の奥さまが、買いものをした荷物をカートに詰めこんで横断歩道を渡っていたら、信号が変わりはじめたのだそうです。そこで少し急いだら、カートに加速がつき、それにつられて前に転んで胸を強く打ったと聞きました。

また、リュックに食料品を詰めこんでバスに乗ろうとした知人の女性は、その重さで後ろに転んでしまったといいます。

若い方はそのようなことはないと思いますが、買いものを一度ですませようとすると、思わぬ重量になってしまうことがあります。万が一に備えて荷物をコンパクトにしておくのは、自分の身を守るためでもあるのです。

最近は食品の宅配というものも充実しており、私もときどき利用しています。近くのスーパーにはないような食材を扱っていたり、ひとりではとてももてない重たいものを気軽に届けてもらえるのがありがたく、自分で運ぶ買いものの量を減らすのにもうってつけです。

49 知らない業者にはご用心

ひとり暮らしで怖いのは、他人に家の中に入りこまれてしまうことです。とくに女性は注意しなければなりません。

水まわりや火災報知器の定期点検などの場合はやむを得ないにしても、業者を装って家に上がりこむといったケースもあるようなので、あやしいと感じたときには確認を怠《おこた》らないことです。

以前、わが家に訪ねてきた男が、近くで下水の整備をするので午後にまた伺《うかが》うかもしれないといってきました。そのときに、「ついでに下水を見てみましょう」とマンホールのフタを開けると、「水の流れが悪くなっているので、修理をしたほうがいい」というのです。

あまりにも唐突だったのでひとまず断ったあと、区役所に電話をかけ、近所で下水の整備の予定があるかを尋《たず》ねてみました。案の定、その予定はないとの返答。

おかしいなと思ったら人に聞いてみたり、自分で調べるということは、今後もだまされないようにするためにも大切です。

ひとり暮らしに限らず、他人に家の内部を知られるのはあまり気持ちのよいものではないでしょう。ご近所のお宅では、かつて行きずりの大工さんに家の修理を頼んだら、そのあとで泥棒に入られてしまいました。

ただし信頼のおける人には、家の事情を知っておいてもらったほうが助かるという面もあります。

私は住まいにかかわることは、できるだけ昔からおつきあいのある近所のお店にお願いしています。

長年のつきあいで築いた信頼関係があれば、修理にも責任をもってもらえますし、ドアが締まりにくい、水道の様子がおかしいといったちょっとしたトラブルが発生したときにも、嫌《いや》な顔ひとつせずに駆けつけてくれます。

いまは家の修理ひとつにしても、数社から見積もりをとるのが常識なのかもしれません。でも、どんなに代金が安くても、知らない業者を家に上げるのはそれなりに勇気のいること。それよりも、なじみのお店にお願いをするほうが、とくにひとり暮らしの女性には安心なのではないかと私は感じます。

年をとったら環境を変えないほうがいいなどといいますが、まさにその通りで、私の場合も地域の人々とのつきあいが暮らしを支えてくれている面が大きいと感じます。

50 揚げものは外食で楽しむ

いまでこそ身近な食べものとして親しまれているコロッケやトンカツですが、幼い日の私にとってこれらは、西洋のにおいのする特別なごちそうでした。

そんな思いもあって、いまでもときどきカリッと揚がったトンカツを食べたくなるのです。

ただし近ごろは、揚げものはもっぱら外食で楽しむことにしています。

「もしも、家でトンカツを揚げているときに地震でも起きたら……」ふとそんな不安が頭をかすめるからです。

残念ながら、いまの私には大丈夫と言い切れる自信がありません。また、火の心配をしながら料理をしていても楽しくないので、油の扱いが気になりだしてからは、ひとりで揚げものはしないと決めてしまったのです。

トンカツを食べたくなったら、友人や甥《おい》、姪《めい》などを誘って外に食べにいく。急に牡《か》蠣《き》フライがほしくなったときには、おなじみのトンカツ屋さんで揚げてもらいます。

実は夫が生きていたころから、にぎりずし、うなぎ、てんぷらは外で食べることにしていました。

なじみのお店で、その道のプロがつくったものをいただく贅沢《ぜいたく》を、ときどきは味わいたいからです。これはひとりになったいまも続いています。

このときばかりは、ケチケチせずにおいしいものを心ゆくまで味わう。また、お寿司屋さんやてんぷら屋さんは、しょっちゅう行くわけではないので、おいしい店を選んで足を運ぶようにしているのです。

ちょっと贅沢をして絶品の揚げものを食べにいくのは、私にとっては、心うきたつイベントのようなものでもあります。

51

入院や災害に備える私の「非常用持ちだし袋」

夫婦で暮らしていても、夫は妻の持ちものがある場所などは知らないことが多いようです。

私の知人はあるとき交通事故に遭《あ》い、救急車で病院に運ばれたあと、そのまま入院することになりました。すぐに夫に下着など当面必要なものをもってきてくれるように頼んだものの、家のどこに何があるかを把握《はあく》していない夫は、どんなに口で説明してもチンプンカンプンな様子。とうとう必要なものは彼女のもとへ届かなかったといいます。

幸い見舞いに来た息子の嫁に、その旨《むね》を伝えて買いものを頼むことができたものの、これはどんな家庭でも起こりうる話だといえそうです。

では、ひとり暮らしの場合はどうでしょう。急病や不慮《ふりょ》の事故などがわが身にふりかかったとき、身内の者に「これとこれを引きだしからもってきて」と頼んだところで、頼まれたほうもすぐには探しだせずに、困ることもあるはずです。

そんな思いもあり、私は身のまわりの必需品を入れた専用のバッグを、入院時などの持ちだし用として寝室に置いています。

バッグはふたつで、ひとつには寝巻き用のゆかた、バスタオル、浴用タオル、おしぼりタオル、下着、洗面用具、手鏡、ヘアブラシ、乳液、口紅、ティッシュペーパーを収納。

ごはん茶碗、湯のみ茶碗、箸《はし》、ふきん、ハガキ、便箋《びんせん》、ボールペン、原稿用紙、ノート、身近な人の電話番号を記したメモなどはふたつ目のバッグに。健康保険証のコピー、認め印、万年筆はハンドバッグに収めています。

こうして書き連ねると、どんなに絞《しぼ》りこんだつもりでも必需品というものはずいぶんあるようですが、どれもさほどかさばるものではないので、きれいにしまえばコンパクトにまとまるものです。また、とっさのときにこれだけのものを集めようとしてもおそらくできないでしょう。

病気や災害に遭遇したとき、とくにひとりで暮らす者にとっては心細いものです。

万が一の備えではありますが、必要なものを整えておけば、何かのときに「寝室にあるバッグをもってきて」ですむので、頼まれるほうも自分も楽ですし、なんといっても自分自身の大きな安心感につながります。その他、私は寝る前には必ずやかんに水を張っておきますし、ミネラルウォーターも常備するようにしています。

ちなみに、このバッグを用意するきっかけとなったのは、災害に備えて持ちだし用品を揃《そろ》えるときに、「入院時にも使えるものにしよう」と思いついたことでした。以来数十年、一度もこのバッグを使ったことはないのですが、どこかで心の安定につながっているように思います。

いざというときの備えは、しておくに越したことはありません。また、家庭のある方は、夫や子どもにバッグの存在を知らせておくと家族も安心です。

52 メダカと暮らす理由

夫を亡くしてひとり暮らしになったとき、庭にある水がめでメダカを飼《か》いはじめました。

本当は犬を飼いたかったのですが、毎日の散歩がたいへんなのと、旅行などで家を空けることもあるので、犬がかわいそうだと思ってあきらめました。

メダカは犬に比べれば体はずっと小さいけれど、毎朝エサをやり、ときどき水を入れ替えたりしていると、愛着がわいて家族のような気になってくるのです。

ひとり暮らしは誰の監視もなく自分中心になるので、ともすると生活がルーズになります。そんな中で、無理のない範囲で生きものを飼うのは、生活に張りと明るさをもたらしてくれるもの。自分がエサをやらなければ死んでしまうかもしれない。そんな適度な緊張感がルーズさに歯止めをかけてくれます。

繁殖《はんしょく》の時期になると、卵を産みつけやすいよう庭のシュロの皮をはいで束《たば》ねて入れておくなど、メダカの世話もなかなか忙しい。

でも、水がめの中を気持ちよさそうにすいすいと泳ぐ小メダカの姿を見ると、疲れも吹き飛びますし、メダカの産卵の時期などは、仕事で朝早く出かけなければならなくても、ベッドからそのまま庭に出てメダカの様子を見に行ったりします。

目を楽しませるだけでなく、心に張りとうるおいを与えてくれる。小さな生きものが私に与えてくれるものは、はかりしれません。


趣味や生きがいをもって楽しく暮らしているのであれば、あえて生きものを飼うことはないかもしれません。けれども、それでもどこかむなしさや、わだかまりを感じるときは、自分が育て預かっている命があると思えれば心強い。

生命というものを実感すると、それだけで心の奥底から何やら温《あたた》かいものがわいてくるような気がするのです。

53 貴重品はどこにしまうのがいいか

ひとり暮らしをする者にとって、貴重品の管理は頭の痛いところです。

知人のお年寄りは、掘りごたつの中に埋めこんだ瓶《かめ》の中に貴重品をしまっているといいますし、また冷蔵庫の中にお金を隠している人も案外多いようです。

それぞれの家庭で工夫をしているのでしょうが、だからといって、貴重品は家の中のどこに置いておいても絶対に安全ということはありませんし、あまり変わったところに置いて自分で探しだせなくなってしまっても困ります。

以前、わが家の近くで、お年寄りが銀行からおろした10万円を手提げ袋に入れて犬の散歩をしていて、ひったくりにあったと聞いたことがあります。

家に大金を置いておくよりも、身につけておいたほうが安心だと思ったとその方はいっていたとか。つまり、貴重品は家に置いていても、肌身離さずに持ち歩いても不安は残るということです。

私の場合、貴重品の管理には銀行の貸し金庫を利用しています。

小さな引きだしをひとつだけ借り、大切な書類やら何やらはすべてまとめてここに保管。そのうえで、現金はできるだけ家には置かず、必要になったらそのつどカードで引きだすようにしているのです。

最近は高齢者を狙《ねら》った悪質な詐欺《さぎ》や、高配当をうたって出資金をだましとる投資詐欺の被害を受ける人があとをたちません。

将来のためにとコツコツと蓄《たくわ》えてきた何百万、何千万というお金を、まるごとだましとられることもあるのですから、被害に遭った人は気の毒だとしかいいようがありません。

しかし、それと同時に、できるだけ仲間や家族と情報を交換しあって、新手の詐欺などの事件に遭わないように、自らの財産を守ることも大切だと思います。

54 ひとりごはんを楽しくする法

最近は家族で暮らしていても、全員が揃って食卓を囲むという機会は少ないと聞きますが、それでも母親の「ごはんができましたよ」の号令で、リビングに家族が集まるという流れは生活の中にあることと思います。

その点、ひとり暮らしだと家族と歩調を合わせる必要がないため、食事をとる時間も場所もいいかげんになりがちです。

だからこそ、空腹を満たすためにただ食べものを口に入れるというのではなく、自分なりに食事をゆったりと楽しもうという意識をもつことが肝心で、それがひいては生活の質を高めてくれるといえるでしょう。

わが家では、食堂のダイニングテーブルを原稿の執筆にも利用しているのですが、仕事が立てこんでいるときなどは、原稿を書く手を休めてそのテーブルで食事をすることもあります。

このときに重宝《ちょうほう》するのがお盆《ぼん》。

書きかけの原稿や資料などをさっとテーブルのすみに寄せて、そこにサンドイッチや紅茶をのせたお盆を置いて食事をとる。

そうすると、「ここから内側は私の食卓」という仕切りをつくることができるので、頭の切り換えもできて気分がいいのです。

知人の女性は、かつては買ってきたおかずでも、お気に入りの器《うつわ》に盛って食卓を整えていたのに、年を重ねてからはすっかり不精《ぶしょう》になって、洗いものを減らすために器をなるべく汚《よご》さないようにしているとか。ただし、「買ってきたものを袋のまま食卓にのせたり、煮物を鍋《なべ》からそのまま口に運んだりはしないように心がけているの」といいます。

ひとりの生活は、ちょっとした気のゆるみで殺風景なものになりがちです。しかし、季節ごとにランチョンマットを替えてみたり、お気に入りの箸置きを使うなど、自分なりの工夫をこらせば、「ひとりごはん」も楽しくなるものです。

私の場合、仕事が立てこんでいるときにテーブルの上をきれいに片づける余裕はない。かといって、原稿の上にポロポロとパンくずをこぼしながら食事はしたくない。そんなジレンマから、仕事中でもスマートに食事がとれるアイデアとして生まれたのが、お盆を即席のテーブルとして使うということだったのです。

忙しい人やものぐさな人ほど、生活の中で頭をひねる余地があるのではないでしょうか。

55 火の始末に細心の注意を

ひとり暮らしをするうえで、私が何よりも恐れているのは火事です。

火事を起こせば自分が困るだけではなく、近隣の人たちの平和な暮らしを乱し、最悪の場合は人の命さえ奪うことにもなりかねない。だから私は、火の元には細心の注意を払うようにし、ひとり暮らしの限界を「火の始末が自分でできるうち」と考えています。

かつて、電気ポットのコードをコンセントにつないだまま外出してしまったことがあります。仕事の用で出かけていたので、途中で気づいたものの家に戻るわけにはいかない。その日の夜には戻るので大丈夫だろうとは思いましたが、やはり気になるので、鍵《かぎ》を預けてある妹に連絡をして、家にかけつけてもらいました。そんな一件もあり、現在は電気ポットはやめて、昔ながらの魔《ま》法瓶《ほうびん》を使っています。

また私は、ひとり暮らしをするようになってから、お風呂の入り方も変えました。

以前は少しぬるめの湯に体を浸《ひた》して、火をつけたままにしてだんだん温度を上げていく入り方が好きだったのですが、いまはその入り方はしていません。

火の怖さを忘れてはならないと、常《つね》に自分に言い聞かせているので、ガス風呂に入るときには必ず火を止めてからと決めているのです。

ときどき新聞で、ひとり暮らしの高齢者宅で起きた火災の記事を見かけます。すぐに消火すれば大事にいたらなかったような火も、年をとれば運動神経が鈍《にぶ》くなるので、すぐに反応して火を消す、行動に移すということがむずかしくなります。だから高齢者宅では火災が発生しやすいのです。

そんなことも見越して、少しでも不安があるのなら早いうちに石油ストーブを安全な暖房器具に換える、調理器具を電磁式のものに換えるということも、ひとつの安全への投資といえるのではないでしょうか。

私が電気ポットを魔法瓶に換えたのも、自分で管理するものをひとつでも減らしたかったから。とにかく火災の原因となるものは、減らしておくに越したことはないというのが私の考えです。

56

ひとりでも白米をおいしく食べるコツ

白米をおいしく食べるコツ、それはまずおいしいお米を選び、できれば精米したてのものを買うことです。精米はお米屋さんにお願いすることもできますし、最近では家庭用の精米機もいくつか出ているようです。また、わが家では炊飯器はガス釜を使っており、電気釜よりもおいしく炊《た》けるように思います。

けれども、何よりも大切なのはたくさん炊くこと。

私はひとりでも必ずお米は三合炊きます。もちろん一度では食べ切れないので、一食分ずつ小分けにして冷凍庫に入れておく。そうすれば好きなときに解凍して食べられますし、甥《おい》などがたずねて来たときに冷凍しておいたごはんでチャーハンなどをつくってあげると喜びます。

また、白米以外にも私はさまざまな食品を冷凍庫にストックしています。

たとえばカレーやシチューは鍋に多めにつくって、一食分ずつ冷凍。いただきものの鮭《さけ》なども、ひとりでは食べ切れないので冷凍庫で保存しますし、シューマイや肉まん、餃子《ギョーザ》なども、好きなお店のものをついでのときに買って冷凍しておけば、おいしいお店のものが好きなときに食べられるので重宝します。

ある年配の女性は、ひとりになってからごはんを炊くのが億劫になったといいます。そうであれば、無理にお米をとがなくても、パック入りのごはんを利用してもかまわないのではないでしょうか。

かつて講演の仕事で、新潟でもいちばんおいしいお米がとれるという魚沼《うおぬま》市を訪ねたことがあります。そのときに、町長さんが農協でパックしたごはんを食べてみてほしいと、パックのごはんをわが家に後日送ってくださったので、さっそくいただいてみました。

電子レンジで2〜3分で味わえるので、帰宅してすぐにごはんを食べたいときや、お米をとぐのがしんどいときに、ごはんがすぐに用意できるのはありがたい。そして味もなかなかよかったので、それ以来、ときどきパック入りのごはんを買っています。

ただ、レトルト食品はどうしても高くつきますし、味に飽《あ》きてしまうこともあるので、基本は自炊に越したことはありません。

57 遺書の作成、私の場合

もう何年も前のことですが、私は弟と妹を三ヵ月ほどの間に続けて亡くしました。

弟はつれあいが「食事ですよ」と知らせにいったら、部屋で息を引き取っていたという、まさに突然の死でした。残された者はさぞかし慌《あわ》てたでしょうが、ある意味でうらやましい死に方だと、不謹慎《ふきんしん》にも私は思ってしまいました。

弟にはそばに妻も子どももいたので安らかな旅立ちができたと思いますが、私のようなひとり暮らしの人間はどうなるのだろう。身近な人間を立て続けに亡くしたことで、私はあらためて死というものが他人事ではないことに気づき、いまはのんきに暮らしているが、いざというときのための準備をきちんとしておかなければならないと身が締まる思いがしたものです。

元気に暮らしていると、「まだ早い」「いつか、そのうちに」とつい後まわしにしてしまうことのひとつに、遺書の作成があります。

遺書を書くことはもちろん義務ではありませんが、突然自分が姿を消したときに、困るのは残された者です。たとえボロ家でも、借地でも、持ち主がいなくなったら権利の処分をする必要があります。そういった事務的な処理をどうするか、自分の意思《いし》も含《ふく》めてきちんと記しておくのが、残された人へのマナーではないでしょうか。

結論からいうと、遺書は早めに書いておくことです。

とくにひとり暮らしをしていれば、日常の細々としたことにはじまり、人生のしまい方にいたるまで自分で処理をしなければなりません。

天涯孤独でない限り、死後のことを肉親の誰か信頼できる人に頼んでおく。それも、口約束ではなくきちんと書類を作成して託しておくことが、ひとり暮らしにとってはとりわけ必要になってきます。私には妹がふたりおり、かつて私が口約束で後事《こうじ》を託していたのは下の妹のほうでした。人間の思いこみとはおかしなもので、逝くのは年の順だと勝手に決めつけていた。ところが、弟に続いて亡くなったのは、上の妹ではなく下の妹だったのです。

さて、私が正式な遺書を作成したのは、夫を亡くして間もない65歳のときでした。

私には子どもがいないので、自分の死後、家や金銭、持ちものや蔵書の整理、寄付のリストなど、自分の希望いっさいを記載した書類にして、後事を甥に託したのです。

財産といえばボロ家だけだと思っていましたが、確かな書類がなければ、権利の継承や売却などもやりにくいのです。また、自己流でつくった書類だと、のちにトラブルになるケースもあると聞くので、戸籍の調査費用などさまざまな経費を含めて30万円ほどかかりましたが、弁護士さんを訪ねて正式な書式の遺書を作成しました。

この書類は銀行の貸し金庫に入れており、何かあったらそこから封筒を取りだして、私の意思にそって事を運んでほしいと甥に頼んであります。


そしてもうひとつ、私は妹が人工呼吸器をつけられて、二ヵ月以上ただ生きているだけ、という姿を見ています。ふだんの会話から、妹がそれを望んでいなかったことを私は知っていましたが、すでに妹の意識はなく、つれあいの判断だったので口出しはできませんでした。

そのような経験から、「快復の見込みがない意識不明になったときなどの延命処置はかたくお断り」ということも自分の遺書に記しましたが、死んで遺書を見てからでは間に合わないではないかと思い、甥や姪には口頭で頼んであります。

こういったことは、誰に託すかということも慎重に考えておかなければなりません。比較的近くに住んでいてすぐに動いてくれそうな人、そして事務処理や交渉ごとが苦手《にがて》ではないという人に事情を話して了承を得たら、ほかの肉親にもこの人に後事を託したということを伝えておくのがよいでしょう。

湿っぽくならずに冷静に自分の死後を想像して、その意思を書類にしたためておく。その作業は決して楽なものではありませんが、だからこそ元気なうちにすませておきたい。人は生まれてくるよりも、この世を去るときのほうがたいへんです。何年も生きているといろいろなことがありますから、それをきれいに始末していかなければなりません。

幸いにして私にはうるさいことをいう親族もいませんが、念のための処理として、自分の意思をきちんとした形にして肉親に伝えたあとは、どこか気持ちがさっぱりとしました。そして、いままで以上に人に頼らずに自分らしく暮らせる幸せを感じ、人生の最後まで精いっぱい生きようという気になったのです。

58

お惣菜屋さんはシングルの頼れる味方

少しだけつくるには手間がかかりすぎるし、多くつくって余らせてしまってはもったいない。そんな思いから、ひとりだとつくるのをあきらめてしまう料理も少なくないでしょう。

そんなときは、お惣菜屋《そうざいや》さんが頼りになります。

私などの世代は、できあいのおかずを買うことにどこかうしろめたさを感じてしまいがちですが、それは主婦のプライドのようなもの。

いまや、スーパーでもコンビニでも、ひとりものがちょっと買って食べるにはちょうどいいおかずがたくさん並んでおり、味もなかなかです。

また、食べたいお惣菜を、食べたい分だけ買うことができる量《はか》り売りのお店は、自分のお財布やお腹の減り具合と相談して買う量をコントロールができるのがうれしい。

手の力が弱くなって生《なま》のカボチャを丸ごと切るのがむずかしくなる、以前のようにかつおぶしを削《けず》ることができない、下ごしらえをするのが手間になるなど、年をとればできないことも多くなります。でも、それは仕方のないこと。

ですから私などは、「カボチャの煮つけがちょっと食べたいわ」というときや、ひじきの煮つけやコロッケなど、ひとり分だけをつくるのが面倒なものなどは、好みの味つけのお店で買ってきてしまいます。

また、自分でつくった料理にあと一、二品ほしいというときにも、野菜が足りないと思えばサトイモの煮転がしをプラスする、魚が食べたければ焼き鮭を買ってくるなどすれば、栄養のバランスがとれ、食卓もぐっとにぎやかになります。

いくら便利だからといって、毎日できあいのものですませていては胃袋も飽きてしまうというもの。あくまでも補助的にお惣菜屋さんを利用すれば、ひとりで暮らすものにとってこれほどありがたい存在はないでしょう。

59

「どうにかなるさ」ではすまされないお金問題

漠然と老後の生活に不安を抱いてはいるものの、実際に何歳までにいくらぐらい貯金をしなければという試算までしている人は少ないのではないでしょうか。

かくいう私も50代までは家事や仕事など目の前のことばかりに気を取られて、老後のことを考える余裕がありませんでした。60代なかばで夫を亡くし、ひとりになってはじめて、自分の老いというものが現実味を帯びて目の前に浮かびあがってきたのです。

50代、60代ともなれば若いころのようにバリバリと働くこともできず、健康面での心配なども出てきますから、ひとりで安心して暮らすためには、やはり先立つものが必要になる。お金のことはつい後まわしにしがちですが、現実問題として「どうにかなるさ」ではすまされないのがお金問題。早めに考えておくことが肝心です。

私は洋服などはほとんど買いませんし、化粧品も庭でとれたドクダミで化粧水をつくり、あとはクリームを塗って粉をはたくぐらい。決して贅沢はしていないつもりですが、それでも生活費は国民年金ではとてもまかなえません。食費、通信費、医療費、水道光熱費などのほかに、屋根の修理や庭木の手入れなど、家の維持費もバカになりません。

知りあいのご夫婦は、ふたりの子どもが結婚し、自分たちの老後のことを真剣に考えはじめた矢先に夫の両親が倒れ、介護をすることになりました。さらに、「子どもの世話にならず、自分たちだけでやっていける」といっていた老母から、「お金がない」といわれて愕然《がくぜん》としたといいます。

自分たちの老後はどうなるのか、親たちの介護にこれからいくらかかるのか。まさに人生設計が狂ってしまったのです。

「年だからお金のことはわからない」というのでは、一人前の人間として通用しません。自分の不動産や動産について、それがどういう性質のものであるかくらいは、きちんと知っておくべきです。

自らの財産管理がきちんとできないようでは、ひとり暮らしも心許《こころもと》ないものとなってしまうでしょう。

60 ひとり暮らしは夫からの贈りもの

いまから30年ほど前のことですが、夫を亡くした1週間後、私はひとり大阪に向かっていました。講演会の仕事が入っていたからです。

終了後、外に出ると辺り一面がまっ白。いきなりの大雪で、新幹線が動かないというのであせりました。早く帰って夕食の支度をしなければならないのに……。そのあとで、ハッとしたのです。そうだ、もう待っている人はいない。私は自由なのだと。

明治生まれの男性は、家のことはまったくやらないのがふつうでした。ことに文士であり手のかかる夫をもった私は、家庭最優先で一生懸命にサービスをしてきました。ですから夫を看取《みと》り、ひとりになったときには、さびしさと同時に解放感を覚えたのも確かです。

まず、うそのように家事が少なくなり、二十四時間が自分の時間になりました。そして、どんなに仕事をしても誰にも文句をいわれず、自分が食べたいものを好きな時間に食べることができる。仕事で遠くに出かけても、そのまま泊まることができ、夕飯の時間を気にして、慌てて仕事から戻る必要はない。掃除だって、汚れていなければしないし、汚れが気になれば夜中だってする。

自由といえば、これほどの自由はありません。

また、家族がいたころは日曜日も祝日も関係なく、早起きをして朝食の支度をしなければなりませんでした。たまに寝坊しそうになると、自分を責めていましたが、いまは堂々と8時半まで寝ています。寝るのだって、疲れたら8時にベッドに入ってしまうし、用があれば12時すぎまで起きていることも。夜中に読書をしながらワインやブランデーをいただくこともあります。

そんな贅沢が味わえるのはひとり暮らしのおかげです。

配偶者《はいぐうしゃ》に先立たれるのはもちろんさびしいことですが、それを引きずっていてもどうなるものでもありません。

ひとり暮らしは夫からの贈りものと考えて、せいぜい楽しもうと意識を切り替えることが、残された者の生きる知恵だといえるでしょう。私はその贈りものを大切に思って生きてきました。

ひとり暮らしの醍醐味《だいごみ》は、キチキチとした規則に縛《しば》られずに、自分の体調や気分にあわせて一日をやりくりすることができること。

もちろん最低限の自己規制がなければ、どんどん自分に甘くなっていくのがひとり暮らしですが、私はただでさえ仕事の締め切りというものに束縛されていますから、必要以上に自分を束縛しません。

とことん自由を楽しんで、「さようならぁー」と笑ってこの世とおさらばする。それが私の目標です。

著者略歴

一九一八年、東京都に生まれる。家事評論家、随筆家。文化学院卒業。文芸評論家・古谷綱武と結婚、家庭生活の中から、生活者の目線で暮らしの問題点や食文化の考察を深める。一九八四年からはひとり暮らし。さらに、快適に老後を過ごす生き方への提言が注目を集めている。

著書には『96歳。今日を喜ぶ。一人をたのしむ』(海竜社)、『96歳いまがいちばん幸せ』(大和書房)、『前向き。93歳、現役。明晰に暮らす吉沢久子の生活術』(マガジンハウス)、『あの頃のこと』(清流出版)、『人間、最後はひとり。』『今日を限りに生きる。』(以上、さくら舎)などがある。

年《とし》を重《かさ》ねることはおもしろい。

——苦労《くろう》や不安《ふあん》の先取《さきど》りはやめる

二〇一三年九月 五 日 第一刷発行
二〇一六年八月一九日 第四刷発行

著者 吉沢久子《よしざわひさこ》
発行者 古屋信吾
発行所 株式会社さくら舎 http://www.sakurasha.com
東京都千代田区富士見一-二-一一 〒一〇二-〇〇七一
電話 営業 〇三-五二一一-六五三三 FAX 〇三-五二一一-六四八一
編集 〇三-五二一一-六四八〇
振替 〇〇一九〇-八-四〇二〇六〇

装丁 石間 淳
装画 ©Niall Benvie/Corbis/amanaimages
編集協力 ふじかわかえで
印刷・製本 中央精版印刷株式会社

ISBN978-4-906732-49-4